mãezinha

mãezinha
IZABELLA CRISTO

Porto Alegre
São Paulo
2025

A todos os profissionais de saúde que
cuidam de vidas com amor.

e às mães deles

| PRÉ-FÁCIL |

Difícil essa coisa de nascer.

mãezinha *s.f.*

1. Diminutivo de mãe.

| TETO DE VIDRO |

Na primeira vez que você vê seu filho vivo, ele está separado de você por uma redoma de acrílico.

| PAREDES |

Sua dor ainda está lá.

Quem raspar as paredes do labirinto pálido daquela maternidade vai extrair uns pedaços dessa dor. E outras coisas.

O bravo raspador ainda há de se surpreender. Vão escapar, desavisados, estilhaços do intangível, nacos do crível e até poeira do incrível pairando pelo ar.

Alguns cacos serão mais insistentes.

Daquele tipo de sujeira gorda que se infiltra bem pelos cantos, incrusta e seca. Depois se fixa eternamente nos rejuntes da vida.

Vira parte da decoração.

| PORTA AUTOMÁTICA |

Você se dirige até a porta automática da maternidade com seu caminhar de pata na madrugada fria de inverno. Passa da meia-noite. É uma sexta-feira 13.

Entra sozinha, em teoria, pressionando a barriga. Seu corpo gravídico se move, mas, tecnicamente, você não está só.

Você é um útero. Um combo. Carrega dentro de si uma outra pessoa

ou seria quase pessoa?

de 33 semanas de vida.

ou seria de quase vida?

O feto está inteiro, mas a bolsa está rota.
Você sabe.
É bolsa rota, você veio sentindo o resto de líquido amniótico escorrendo por sua vagina a cada sacudida no banco do carro enquanto dirigia. Diferente de quando a bolsa rompeu e você nem notou, afinal, você estava muito ocupada trabalhando.

Agora o que vaza entre suas pernas não é só o esperado líquido cor de urina. Sai sangue. Muito sangue.

Suas hemácias escorrem efusivamente da placenta, seu abdômen está contraído. Nem é preciso ser médica para diagnosticar o percurso anormal da sua gravidez. As grandes tragédias são sempre veladas na cor vermelho rutilo.

A adrenalina é tanta que você nem consegue sentir dor. Na fenda dos lábios da vulva você sente mais um coágulo a ser expelido, o ridículo tubete de absorvente íntimo enfiado antes de deixar o plantão já não dá mais conta do fluxo.

Você toca sua barriga quase como um pedido de desculpas, apertando o conjunto de calcinha-tampão empapado contra o pube, o que serve apenas para tingir sua mão.

é DPP

Você não é obstetra, mas é cirurgiã, é médica, consegue chegar ao autodiagnóstico. De barrigas errôneas, afinal, você entende.

Você será operada. Precisa de uma cesárea de urgência.

Andando e se contorcendo, você segue em frente até a recepção da maternidade. É o que te resta.

Sem saber como vai sair de lá, você atravessa a porta automática.

| EM FRENTE |

Eis o clichê: viver é seguir em frente. Percorrer caminhos, travessias por onde jamais se retorna.

romântico

Você não concorda.
Sabe que a vida pode te fazer dar umas belas voltas. Te deixar tonta, te arremessar e te fazer bater de cara na porta.
Como uma volta na montanha-russa. Você embarca na plataforma, senta no banco com uma insolente calma achando que vai dar conta.
Lá do alto, o horizonte parece lindo e estonteante. Até o milissegundo anterior à queda. À entrega total do pobre corpo aos efeitos da gravidade.

clic

Você despenca. Percorre uma trilha de turbulência e terror, subindo e descendo. Ascende e cai. Em milésimos, dentro do mesmo segundo, vai do céu à iminência da morte. Desembarca, então, atarantada, sem chão, sem eixo, cabelos arrepiados, de volta na estação.
Você retorna ao exato ponto de partida, mas nunca, jamais será a mesma pessoa. O percurso te transforma. Você é agora, no mínimo, alguém com náuseas.
Viver. Ter coragem. Seguir em frente.
Cruze as fronteiras. Enfrente as barreiras, garota.

avante!

Vai lá. Cruza a porta da maternidade.
Será uma bela oportunidade...

| SALA DE ESPERA |

Encaminhada pelo guarda, você abre a ficha na recepção, e a moça te aponta com toda a calma do mundo a sala de espera da triagem.

Você aguarda o chamado da senha na poltrona de veludo musgo. É a única pessoa no recinto.

Você está só.

Não precisaria, você até tem para quem telefonar.

Pega o celular, desliza pelos números na tela.

São 3 horas e 59 minutos da madrugada. Suas melhores opções de acompanhante, que são pessoas normais, estão dormindo.

Você seleciona o contato, chega a ligar, porém, ao soar do primeiro toque, irrompe o pensamento:

morto

Você desliga.

Afinal, você é uma mulher sensata. Melhor aguardar o parecer do colega plantonista, especialista, para então transmitir notícias mais precisas.

Não quer ser o tipinho que espalha fake news no grupo da família.

| DE COSTAS |

Nem para frente, nem para trás. De costas.

Certa vez, você leu que o passado não fica para trás, mas sim à nossa frente, pois consiste em tudo aquilo que já se viu e, portanto, é conhecido.

O futuro seria, então, a névoa obscura atrás de nós.

Mas andamos de costas.

Caminhamos, sim, em direção ao pretenso destino, vemos o que aconteceu, o passado vai surgindo diante do rosto, mas o destino está atrás de nós.

Enquanto se anda de ré na estrada da vida, existe a regra: não se pode jamais virar a cabeça para trás.

Você pode até tentar a espreita. Surrupiar, espiar pelas laterais, quer estimar o que há de vir. Não é possível. O futuro certeiro, assim, de frente, esse ninguém encara.

E assim vai caminhando a humanidade, marchando trôpega sua pobre rota da existência.

De costas. Sempre, sempre de costas.

| TRIAGEM |

Os dígitos vermelhos piscam no painel preto após alguns minutos. Tão logo a enfermeira da triagem enxerga a mancha vermelha no jeans por entre suas coxas, ela te agarra pelos cotovelos e te arrasta afobada para a sala de emergência.

O obstetra plantonista comparece removendo a remela dos olhos.

Outras duas enfermeiras surgem, em segundos você é despida, monitorizada e colocada na clássica e maravilhosa posição de flor aberta. Luva amarela na mão do médico, o indicador rígido entrando na sua vagina a seco, uma pontada, ai, sem dilatação de colo uterino, a luva de vinho tinto saindo de dentro de você.

"Nada bom, nada bom", ele anuncia, balançando a cabeça enquanto hasteia o indicador, um maestro açougueiro a confirmar a tragédia.

A correria cinética na sala começa. Burburinho, movimentos de corpo, ordens, sons ligeiros de bipes familiares.

"Deita de ladinho"

"... pro lado esquerdo, meu amor"

"O bebê"

"Estica bem o braço, fia"

"Pega uma veia boa nela"

"O bebê"

"Podexá"

"Quem é sua obstetra?"

"Ah, tá, conheço"

"Mas o bebê"

"Você não trouxe os exames, querida?"

"Traz o cardiotoco! Rápido!"

"Qual o número dela?"

"Cadê a merda do cardiotoco?"
           "Tão indo buscar neste momento"
       "Fica quietinha, minha filha"
"Traz o ultrassom mesmo, rápido!"
           "Não esquece do cardiotoco!"

o bebê

Curvada na maca, sentindo o cheiro de alvejante embalsamando as paredes azulejadas, você observa, passiva, a recém-instalada orquestra da urgência.

Minutos atrás, quanta ironia, você era a maestra de outra sinfonia. Agora, deitada de lado e seminua na maca apertada, com calafrios, resta obedecer.

Você vai ser uma menina boazinha. Vai colaborar, vai aguentar tudo em resignação, caladinha. Não dá pitaco, cirurgiã. Vai, empurra sua barriga gravídica a fim de retirar o peso do útero sobre a veia cava para melhorar a circulação fetal. Respira fundo para melhorar a oxigenação. Tenta se controlar, não fica nervosinha, você precisa diminuir o circuito de adrenalina. Precisa colaborar com as enfermeiras tentando pela terceira vez pegar sua veia. Vai se recolher ao seu devido lugar de plateia.

paciente

"Cadê o ultrassom?"
Você também quer saber.
"Foram pegar, doutor."
"Me dá o sonar!", o plantonista berra.

graças!

Afinal, vocês precisam escutar o BCF.

| BCF | *sigla* Batimento Cardíaco Fetal.

Coração é vida. É o que dizem.
A vida termina na última batida. Ninguém duvida.
É o consenso, embora também seja relativo. Você já viu corações pretensiosamente cheios de sangue baterem em corpos vazios.
Às vezes, mais raramente, pode se testemunhar o término. É cartográfico. Se exibe na tela do monitor cardíaco, a linha verde denteada, em transe, que subitamente se acalma e retifica.

fim

Pode acontecer, vai, de alguém assistir a última batida. Você já testemunhou algumas.
Mas a primeira batida, essa nunca. O princípio de tudo ninguém vê.
Não se sabe quando o coração nasce ou quando a tal alma desce.
Ninguém discute quando a coisa finda.
Quando começa, é uma incógnita ainda.

| CORAÇÃO |

Na primeira vez que você viu o coração do seu filho bater, você estava de pernas abertas para um estranho.

Nem pensava em gravidez. Desconfiou, sim, que havia algo errado, pois, além da menstruação sempre atrasada, começou a sentir um incômodo na bexiga e a fazer xixi feito louca.

Você tratou aquela infecção urinária, mas o antibiótico que você se automedicou não surtiu o mínimo efeito. Restou aquele peso estranho na barriga, quase um incômodo, se arrastando pelos dias.

Podia ser câncer.

Preocupada com o próprio estado de saúde, averiguou a necessidade iminente de um ultrassom transvaginal. Caso fosse tumor ou algo grosseiro, apareceria no exame.

Ao término de um plantão você criou coragem e foi chorar as pitangas para o colega ultrassonografista no setor de radiologia. O jovem rapaz, recatado, ajeitou os óculos de armação redonda e, em voz baixa, trouxe à tona uma questão evidente:

"Você pode estar grávida?"

não

Você gelou.
Tinha SOP, síndrome do ovário policístico. Seu ciclo menstrual era completamente aleatório.

não pode ser...

Você tinha buço.
Mulheres com buço não engravidam.
Não as mulheres com buço e síndrome do ovário policístico e cirurgiãs.

As mulheres com buço, SOP e cirurgiãs têm feromônios meio de macho, vai, são senhoras atribuladas, mulheres do mercado de trabalho, não, definitivamente não, os óvulos de cirurgiãs com SOP e buço não funcionam.

Você lembrou que suspendeu o anticoncepcional oral poucas semanas antes.

Seu semblante de tormento respondeu a pergunta discreta do rapaz, que suspirou e solicitou à enfermeira que a preparasse.

Você se preparou, vestiu direitinho o avental com abertura para frente, abriu as pernas o máximo que pôde. O rapaz foi colocando o probe fálico do ultrassom delicadamente, ressaltando que, não me leve a mal, não era um especialista, mesmo assim, tentaria ver algo, mas que você não ficasse tão preocupada caso não aparecesse nada, você sabe, o saco gestacional só surge lá pela 6ª semana, pode ser que não se encontre, é bom testar no sangue.

Na tela preta surgiu a sombra acústica posterior em formato de girino. Um pequeno saquinho no interior piscava acelerado.

Um girino. Com batimentos.

Seu coração quase parou naquele momento.

| PLACENTA |

A placenta é o conjunto de vasos reunidos como galhos que terminam em dois troncos, um arterial e outro venoso, no chamado cordão umbilical, e que conectam o feto ao útero.

Para o feto crescer bem, é fundamental que se estabeleça uma boa conexão com a mãe, desde o princípio.

Se o bebê não recebe sangue suficiente da placenta, seja por má-formação ou qualquer outro motivo, pode se estabelecer o retardo do crescimento intrauterino (RCIU) por insuficiência placentária. O feto fica pequeno para a idade gestacional (PIG), mais magrinho. Se, ao contrário, ele cresce mais que o esperado, como na diabetes gestacional, o feto é grande para a idade gestacional (GIG).

Para um crescimento saudável, é fundamental o equilíbrio e que a mãe esteja bem.

Mãe e filho.

Esse binômio começa a se integrar através do umbigo. O cordão umbilical é cortado imediatamente no pós-parto, mas, em alguns casos, eles ficam conectados por mais tempo.

Às vezes, a vida toda.

É o que dizem.

| DPP | *sigla* Descolamento Prematuro de Placenta *(abruptio placentae)*

Se a placenta se separa do útero antes da hora, faz o descolamento prematuro de placenta (DPP), que, se volumoso, é uma emergência obstétrica.

Existem vários tipos de placenta.

infinitas tabelas médicas, aff

Placenta bilobulada, sucenturiada, circunvalada, circunmarginada

A mais famosa é a placenta acreta, o tipo que se infiltra como raiz de planta no interior do músculo uterino e, quando removida no parto, vem arrancando a terra.

Outro tipo badalado é a placenta prévia, aquela que quer sair primeiro, antes do feto.

É o tipinho que mais gosta de fazer descolamento.

|TRANSVAGINAL|

Apesar de todo o tremelique nas mãos, o obstetra de plantão consegue finalmente enfiar o probe fálico do ultrassom na sua vagina. Acerta a ponta do transdutor direto no colo do seu útero retrovertido. Imediatamente você sente a enganchada, não se contém, emite um gemido bem alto de dor para ele, que continua o exame sem nenhum abalo.

Por sorte, não dura muito, logo ele consegue enxergar o descolamento.

"Nada pequeno, nada pequeno", ressalta. "E o cardiotoco?"
"Está sendo localizado, doutor."
"Preciso checar a vitalidade!"

é mesmo?

Você sugere em voz baixa que ele passe o aparelho de ultrassom via alta, abdominal.

"Boa ideia!", o médico acata sua sugestão puxando o carrinho do ultrassom até a lateral da maca. Apanha o probe abdominal do aparelho enquanto a enfermeira lambuza gel na sua barriga corcunda, que agora reluz.

Ele passa feroz o transdutor ao redor do seu umbigo pontudo buscando o foco cardíaco fetal, contorce o probe na barriga algumas vezes. Para um instante.

"Não acho o batimento."

respira...

Você não é uma pessoa fria, pelo contrário, é até nervosinha, mas naquele momento se comporta como um anjo, exemplar. Se concentra em respirar, não deseja acelerar a própria frequência cardíaca, o que só pioraria a pressão e a circulação fetal.

Você precisa fazer sua parte para levar todo oxigênio possível ao bebê.

"Tem certeza, doutor?", a enfermeira questiona.

"respira fundo...

                    trinta e três..."

| PROPEDÊUTICA |

Você sempre adorou propedêutica, a arte de colher a história e examinar os pacientes.

O corpo humano é legítimo, puro molde orgânico, se mostra através de sinais e pode revelar mais do que as palavras do seu dono.

Os pacientes mentem.

O corpo não, esse fala alto quando precisa.

Você achava mágico tocar, sentir e depois traduzir um corpo.

Era belo ouvir o peito de alguém. Nos livros as rasas descrições de fonias nem se comparam aos verdadeiros sons ecoando nos ouvidos pelo estetoscópio.

O princípio é meio confuso, uma cacofonia. O murmurinho de fora se mesclando ao ressoar de dentro, o ar circulando nos canos orgânicos, traqueia e brônquios, um turbilhão de sons no tórax entra e sai, tudo embalado pelos batimentos cardíacos.

"tum... tá"

É o seu coração a bater ou o do paciente?

Com o tempo, você aprendeu a esquecer de si para se concentrar na escuta. Aguçava os sentidos e, absorta, interpretava o que aqueles corpos emanavam. Começou a ouvir e enxergar melhor.

Estabeleceu sua própria sequência.

"Senta aqui, moço"
　　"Levanta a blusa"
　　　"Respira fundo"
"Devagar"

"Respira devagar"
"Enche o peito de ar e solta..."
"Diga trinta e três"
"Três vezes"
"trinta e três...
trinta e três...
trinta e três"

    A sequência exata de erres e tês a reverberar as cordas vocais, permitindo os sons de transmissão. A partitura das doenças do peito.

    Você até gostava do trinta e três. A combinação perfeita de erres e tês.

    Algumas coisas mudam.

| TRINTA E TRÊS |

Você olhou com terror o par de velas de número três cravadas no seu bolo de aniversário. A vela prateada da esquerda tombava meio de lado na calda granulada de chocolate.

Você deveria estar feliz. Eram os seus 33 anos. Você era uma mulher casada e grávida, o suposto protótipo da plenitude e satisfação femininas. Como um bom produto de Vênus, você representava o paradigma da existência de uma mulher.

Entretanto, algo dentro não se encaixava. Havia uma peça solta, uma rosca frouxa na frenética máquina do seu ser. Uma máquina que não parou de funcionar pronta para destrambelhar a qualquer momento.

Você tinha Cristo no nome.

Sua ostentosa barriga de 27 semanas cobria a visão dos pés rechonchudos por debaixo da mesa de vidro. Você já tinha adquirido seu deambular típico de pata e já havia passado pela fase da hiperêmese gravídica. Agora só o refluxo com os golfos ácidos esporádicos lhe incomodava.

O marido te mirava em pé, contente, o sorriso gengival por trás da pequena polaroide teimando em registrar formas do seu corpo que você fazia questão de esquecer. Seus braços mirrados, as clavículas fundas, os peitos inchados e caídos, o umbigo pontudo e roxo, seus pés tortos. Você confinada dentro do próprio corpo, seus olhos uma exclusiva sala de espelhos convexos, te condenando à imagem da automonstruosidade.

Gravidez não é doença, quem foi mesmo o imbecil que disse isso?

O último estado como você se sentia era o de ser saudável.

Gravidez não é doença, não, filho, mas é uma nova condição do organismo. Uma metamorfose.

Como se sentir bem carregando todo aquele peso, os movimentos limitados, experimentando horas de mal-estar, cansaço e fraqueza, saboreando seu próprio suco gástrico por trás da língua?

Lembrou dos estágios de Obstetrícia, as pobres mulheres que você atendia. Vaginas rachadas, barrigas em cúpula sendo empurradas por todos os lados, por diversas pessoas. Têmporas suadas, horas nas salas de espera, pernas abertas, gritos de dor, empurra, líquidos, faz força, choro, mais gritos, empurra, mais choros responsivos.

vai ser assim?

Não, gravidez não é doença, meu filho, mas pode ser. Quantas por aí não sofriam, não morriam exatamente por se encontrarem em estado gravídico, em vários lugares, todos os dias? Na Medicina e no amor tudo pode acontecer, assim um professor dizia.

"Apaga as velas, amor", o marido pediu, sorrindo, com ar de menino.

Você olhou para ele como quem vai partir no próximo trem.

"Não esquece do pedido, amor", ele ressaltou.

"respira fundo...
enche o peito de ar e solta...
trinta e três..."

Seu sopro apagou a chama da vela. O fino rastro de fumaça serpenteou aos céus, carregando seu pedido para cima, você não sabia para onde.

Torceu para que o desejo não subisse com registro de nome.

| TRINTA E QUATRO |

"Respira fundo, Isadora!", sua obstetra entra já ordenando, dando tapinhas no seu ombro.

Você já está respirando fundo, enchendo ao máximo o peito de ar e soltando pela boca. Mesmo assim o invisível te sufoca.

Ela pede licença ao médico plantonista e toma o ultrassom das mãos dele.

"Aqui o batimento", anuncia. Suspiros na sala. A enfermeira mais jovem bate palminhas.

"Que bom!", ela comenta, sorrindo.

Você não acha nada de bom no seu estado atual.

"Vamos precisar fazer uma cesárea de emergência, Isadora", ela te comunica o óbvio.

"E o pulmão dele?", você pergunta.

Ela te encara séria, engruvinhando a testa. Você sabe que ela está escolhendo as próximas palavras.

O feto tem 33 semanas, não 34. Não há garantia de maturidade pulmonar.

"Vamos fazer o corticoide agora, mas, você sabe, só depois que nascer."

Resposta calejada. Medicina não é matemática. A soma dos fatores nunca dá no mesmo produto.

Você ouve então da obstetra seu próprio clichê, repetido tantas vezes aos próprios pacientes:

"uma coisa de cada vez"

Tem razão. Primeiro um bebê precisava nascer.

Trinta e três semanas. Duzentos e trinta e um dias.

A sequência exata de erres e tês.

Você nunca quis tanto um trinta e quatro.

| LIGAÇÃO |

"Tem alguém que você queira ligar?", a obstetra pergunta, enquanto a enfermeira te auxilia a vestir o ilustre avental branco com estampas verdes da maternidade.

"Tentei avisar meu marido, não consegui."

As enfermeiras lançam olhares de pena.

Você seleciona outro contato no celular.

"Liga pra ela", pede, apertando com força o aparelho nas mãos da médica.

"Pode deixar", a obstetra assente, apertando firme sua mão de volta.

"Pra desbloquear é o sinal da cruz", você avisa, enquanto se acomoda na maca de transporte para o centro cirúrgico.

|DEVOTA|

Você nunca foi lá grande religiosa.

Odiava a ideia de ser submissa a qualquer coisa, ainda mais aos tratados do além.

Não era assim para sua mãe adotiva. Todo domingo ela arrastava você e sua irmã de criação para a missa.

"Cristo no nome é uma bênção, minha filha, a única coisa boa que a vagabunda da tua mãe biológica te deixou de herança, ao menos isso", comentava dona Fátima, sempre que possível.

Para você, seu Cristo estava mais para maldição.

Nada foi fácil. Sua mãe biológica morta no parto, o pai logo em seguida, aos seus dois anos de idade.

Dona Fátima, mulher de Deus e portadora de bom coração, olhou aquela bastarda jogada no mundo, fruto do pecado original.

Mas você tinha Cristo no nome.

Com o Cristo sobrescrito, assim, talvez se tratasse de uma garota prodígio, descendência direta do divino. Fátima foi capaz de perdoar a traição e adotar aquela moreninha como segunda filha.

Uma infância engruvinhada no município da periferia, a casinha sem muros de modelo Cohab, o quarto-sala eternamente dividido com a irmã, o colégio quilômetros afastado. Todos os alicerces do eterno sacrilégio.

Dona Fátima tentou a todo custo purificar sua alma. De costume, entoava a oração de proteção:

"Chagas abertas, coração ferido,
o sangue de nosso senhor Jesus Cristo
entre nós e o perigo"

Todas as noites antes de dormir. Três vezes.
Pelas três, Dona Fátima carregava a fé no amanhã.
Você não.
Você rezava oca. Não acreditava naquilo. Maldizia o Cristo e sua mãe biológica. Se quisesse bênção, que deixasse na certidão Isadora dos Anjos, vai, Isadora Maria. Até Isadora Madalena faria mais sentido. A maldita deixou o Cristo.
Nos ombros, sua cruz invisível.

| CRUZ |

"Eles deitam na maca igual Jesus Cristo na cruz", foi o que você reparou diante do paciente deitado à sua primeira entrada em um centro cirúrgico.

O paciente lá, estirado, prestes a ser anestesiado, completamente desnudo, coberto pelo ralo lençol do hospital.

Todos os objetos e metais são retirados de contato. O indivíduo não carrega mais qualquer pertence. Todos os seus bens materiais ficam para trás.

Resta-lhe o corpo.

Os membros superiores estendidos nas braçadeiras laterais, punhos amarrados, mãos caídas. Os membros inferiores tentam permanecer alinhados na maca estreita, num fino equilíbrio que obriga os mais ansiosos a cruzarem as pernas. Quando fazem isso, você jura poder ver um grosso prego atravessando o dorso dos pés.

O corpo teso e ajustado, enquanto o anestesista encaixa a máscara de ventilação no rosto até injetar o caldo branco na veia. Segundos depois, toda a musculatura relaxa, o corpo amolece, a cabeça cai, a boca se abre.

O paciente para de respirar.

O segundo de ouro da misericórdia.

"respira fundo..."

O exato instante em que a vida está entregue nas mãos de outrem. O coração bate, mas o corpo está inerte. O paciente está induzido, completamente dependente.

O anestesista se prepara para a intubação. Retira a máscara e posiciona a cabeça. Estende o pescoço, levanta o queixo, direciona o crânio aos céus. Os olhos, ausentes de consciência, giram como globos de boneca, buscando o vazio acima, clamando por intervenção.

Por fim, o anestesista encaixa a lâmina metálica do laringoscópio e enfia o tubo traqueal goela abaixo, retira o metal, aparelhos são calmamente conectados e toda a dinâmica de fluxos e fluidos de coração e pulmões é, então, reestabelecida.

Todo esse domínio temporário do corpo talvez tenha dado aos médicos a falsa impressão de controle sobre a vida.

mera ilusão

Sempre que você via pés cruzados numa maca, você os desfazia.

|CHAMADO|

Ele ouve distante a vibração do celular na cama, demora para desafogar do sono profundo.

Não se lembra das palavras exatas, apenas do sotaque ticado e do tom de voz cantado e apressado do outro lado da linha, misturados à palavra urgência.

"Urgência."

Ninguém faz chamada telefônica nos dias de hoje, ainda mais de madrugada.

De repente, ele se lembra da esposa grávida.

Acorda.

A realidade o convoca.

Ele capta ecos dos termos ouvidos:

"Bolsa rompida"   "Internação"
   "Parto"

"O quê?", a pergunta é retórica.

Não se lembra de ter desligado. Checa as mensagens apenas para confirmar a própria incompetência.

Levanta assustado, vai cambaleando até o banheiro. Esfrega os olhos, joga água no rosto, dá dois tapas fortes na cara, mirando no espelho.

"Acorda!"

Nota a própria imagem de homem gasto, a barba por fazer, ar desleixado. Não tem tempo de ajeitar, precisa sair correndo para a maternidade.

Finalmente a notícia atinge o córtex frontal: chegou a hora.

Acelera os movimentos. Escolhe uma camisa nova, que abotoa com as mãos tremendo mais do que o usual. Vai até a cozinha e toma um comprimido de propranolol. Chama um táxi pelo aplicativo, verifica o endereço, a maternidade onde você está é diferente da programada.

Desce correndo até a portaria, o celular toca. Dessa vez é a obstetra confirmando que a esposa está em avaliação. Ele avisa que já está a caminho.

O táxi chega. No banco de trás, ele informa o endereço ao motorista. Já mais acomodado, comenta que vai ser pai ainda hoje, com certo orgulho na voz. Recebe um parabéns seco, sem comentários adicionais.

Continuam em silêncio até a porta automática da maternidade.

| EVA |

O relógio da sala de parto marca 4 horas e 28 minutos.

O anestesista é gentil, exibe mais dentes do que o necessário para aquela hora da madrugada enquanto pega outra veia no seu antebraço.

Você não tem certeza se tamanha gentileza das pessoas é espontânea ou se o fato de ser médica acrescenta doses extras de primazia.

Você senta na maca, não sem esforço, e enverga a coluna para receber a raquianestesia.

A pergunta surge ardilosa: como é que você foi parar ali?

me seda

Logo vem a resignação.

É uma cesárea, você se lembrará de tudo. Terá plena consciência do que irá acontecer. É o pedágio, o preço que se paga por querer colocar um ser humano no mundo. O preço do abuso.

Desde que o mundo é mundo, a mulher sente as dores do parto na carne. É o pagamento a prazo pelo pecado da maldita Eva.

Você sente uma a uma as picadas nas costas, tentativas da raquianestesia, com gosto.

sofre, desgraçada!

Sente, sente o que estão fazendo agora. Teimosa. Vê se lembra bem e aprende. Se não aprende pela consciência ou pelo amor, que seja pela dor, pelas feridas.

Vai, anestesista, dá bastante agulhada nessas costas.

Você merece.

| RAQUIANESTESIA |

Na cesárea, evita-se sedar a paciente para proteger o bebê dos possíveis efeitos anestésicos e para que a mãe não vomite. Por isso a maioria das grávidas recebe o bloqueio direto nos nervos, a raquianestesia.

Toda grávida é um combo. Enquanto se bloqueia um corpo visível, monitorado a olhos vistos, há um outro ser pequeno adentro, recebendo efeitos desconhecidos.

O parto pode ser uma celebração por fora, mas é tenso para os que estão dentro.

Na urgência, se a mãe corre risco, às vezes é necessário traçar caminhos cada vez mais inseguros, sem perder de vista o bebê.

Não há o que fazer. Se corre o risco.

Parir dói.

Para o parto, existe anestesia.

Nascer dói.

Mas não tem anestesia para a vida.

|LÂMINA|

Deitada na maca da sala de parto, você repara no teto amarelo envernizado com modernas luminárias embutidas. Está bem limpo.

Fica feliz em notar que a sala na qual abririam sua barriga virgem de operações é higiênica.

Aquele era um dos seus truques. Quando você queria se certificar das condições sanitárias de um lugar, não observava o chão ou o que estivesse à vista, mas sim os cantos e os lugares onde mais ninguém reparava. Mudar de perspectiva sempre lhe revelava alguns segredos.

Contudo, mal te deitam na maca, já erguem velozes o varal de pano, a tenda do anestesista, campo que delimita a fronteira de atuação entre ele e o cirurgião.

Você não sabe se tamanha pressa para delimitar os espaços é somente para iniciar logo a cirurgia ou se para bloquear seus olhos de médica-cirurgiã.

tolice

Ali, você não é mais uma cirurgiã. Sequer uma médica. Seu status, sua escolaridade, qualquer posto ou cargo, nada disso importa na prática. Agora você é apenas um corpo gravídico de uma mulher de 33 anos com um feto de 33 semanas numa cesariana de alto risco.

Você nota os sorrisos automáticos de médicos e enfermeiros tentando transmitir tranquilidade. Descobre que não funcionam. Pelo contrário, te instigam raiva. Por trás dos dentes à mostra você avista as sombras, trocas de olhares de esguelha, cenhos franzidos, movimentos em pulsos curtos e rápidos. Você pertence aos bastidores. Você enxerga.

Tentam a todo custo disfarçar a gravidade da sua cesárea, amenizar a atmosfera. Não conseguem. O ar ainda pesa.
As diferentes pessoas repetem, com ênfase:
"Vai ficar tudo bem."
Sem garantias.
Sorriem. Não têm certeza. Mesmo assim mentem.

mentem?

Afinal, falar o que não se tem certeza é o mesmo que mentir?
Você preferiria ouvir a verdade: não se sabe.
Tentam esconder de você sua cesárea. Erguem o pano. Querem ocultar dos seus olhos sua própria tragédia.
Mas ligam o foco.

que deslize...

| SOFRIMENTO |

A gente pode começar a sofrer antes mesmo de nascer. O sofrimento fetal marca a falta de oxigênio para o bebê.

Podemos saber se o feto está sofrendo ou não avaliando seus movimentos corporais, os movimentos respiratórios, o tônus muscular e a frequência cardíaca.

Assim, quando se flagra o sofrimento precoce, é possível agir logo.

Apesar dos mais amplos avanços tecnológicos da contemporaneidade, não existe até o momento nenhum exame primordial que detecte com precisão o grau de sofrimento materno. Há relatos de que seja eterno, logo, não há por que se gastar dinheiro com tal mazela. Além do mais, isso colocaria em grave risco a perpetuação da espécie.

Melhor deixar quieto.

| INSTRUMENTAÇÃO |

Você era monitora de Técnica Operatória e Cirurgia Experimental. No laboratório, simulavam os diferentes procedimentos cirúrgicos.

Acesso às vias aéreas. Intubação. Acesso venoso periférico. Cateter venoso central. Paracentese.

Treinavam as técnicas em caixas, costuravam moldes e esponjas primeiro. Depois criavam, cuidavam e operavam ratos e porcos, onde aprendiam e reproduziam os procedimentos treinados, desde os mais básicos até cirurgias mais complexas.

Você instruía os alunos a manter a mesa de instrumental cirúrgico sempre organizada. Ensinava, toda metódica, como dividir o espaço em quadrantes, quatro ou seis, na preferência do freguês. O importante não era exatamente o número de setores ou seguir essa ou aquela escola, e sim ter algum método organizado.

Comece pelo início: o primeiro quadrante é a diérese, a abertura do trajeto.

> Bisturi
> Tesoura
> Pinça anatômica
> ou de dente de rato

Depois de cortar, abra o caminho, afaste. Lá vêm os afastadores, o quadradinho dos estrangeiros.

> Farabeuf
> Gosset
> Doyan

Se abriu e afastou, vai ter sangramento. Contenha-o. É a hemostasia. Separe as pinças hemostáticas, em sequência, da mais delicada para a mais grosseira.

> Kelly
> Crile
> Kocher

Comprima o sangramento com as compressas, ligue com os fios de ligadura, algodão e seda. Deixe as cubas, tudo que precisar em ordem.

Por fim, termine com a síntese, feche as feridas abertas, costure, suture com os fios de fechamento e o porta-agulhas.

> Porta-agulhas
> Fios

Não importa o método, siga uma lógica. Só não se perca. Peça o que quiser, com gestos e falas claras e precisas. Estire as mãos, sem afobação. Quem não sabe pedir não recebe o que deseja.

Não adianta gritar ou xingar na intercorrência. Muito menos jogar pinça na parede. Descontar na instrumentadora ou na equipe não faz parar o sangramento. Alguns cirurgiões faltaram na aula de bom senso.

Depois dizem que só as mulheres são histéricas.

| FOCO |

O foco de luz, você observa, é um majestoso capacete verde circular de muitas lâmpadas. É um bom foco, bom de trabalhar, mas se trata de um modelo antigo. E aquele era um centro cirúrgico limpo.

Para se adequar às normas de segurança e higiene de um centro cirúrgico moderno, recobriram o velho foco com uma peça circular de acrílico.

"Liga o foco", alguém ordena.

A lâmina de acrílico que agora brilha é um espelho semitransparente do que aconteceria na sua cirurgia. Você poderia assistir de camarote, com direito a sensações em 3D.

Você permanece calada.

A incisão já está aberta, as duas abas da sua pele e da gordura subcutânea dispostas para cima e para baixo, num sorriso macabro. Estão abordando a camada muscular, você pode sentir seu quadril balançar com os trancos enquanto acompanha esgarçarem seus músculos retoabdominais.

"Compressa"

"Farabeuf"

"Fio"

"Queima"

As ordens comuns se seguem. Mãos entram e saem rápidas, sedentas para exteriorizar e mobilizar o útero, ávidas por encontrar o bebê em apuros. As mãos do auxiliar já estão a postos para aspirar o líquido antes mesmo do bisturi fazer o primeiro furo.

O cirurgião perfura o útero. Surge um chafariz vermelho, o sangue jorra e todas as mãos são pintadas de vinho tinto.

"Compressa!"

"Afasta"

"Segura, rápido!"

O peso do ar comprime seu peito. Seus batimentos aceleram, você estira o pescoço tentando bisbilhotar o monitor, sua visão fica turva.

"Respira, Isadora!", você ouve o anestesista.

"respira fundo..."

Sente um tapinha no seu ombro esquerdo. Abre os olhos, de volta para o campo cirúrgico, novamente as mãos pintadas. Movimentos de pressa. Destreza. Compressas molhadas.

sangue

Mais alguns segundos de escuridão. Suas pálpebras pesam, são bolsas d'água cobrindo seus olhos, você é embalada pelo som dos próprios batimentos cardíacos.

"respira..."

Mais um tapinha. Você inspira forte, puxa com a força que pode o ar pelas narinas e sente o nariz sendo preenchido pelos canos do cateter de oxigênio.

não pode ser

Você precisa aguentar, não, não, não se deixe levar. Precisa retomar a consciência, precisa assistir ao vivo o final, saber o real desfecho da sua cirurgia.

Sem máscaras. Sem sorrisos.

Você precisa ver seu filho vivo.

| APGAR |

A gente recebe nota até para nascer.
É O APGAR.
Para decorar, você esquematizou a sigla que avalia a vitalidade do bebê ao nascer:

APARÊNCIA = cor da pele

PULSO = frequência cardíaca

GESTICULAÇÃO = tônus, expressão

ATIVIDADE

RESPIRAÇÃO

A: Tá vermelhinho, não tá roxo.
P: O coração bate.
G: O bebê se move, tem tônus, bracinhos contraídos.
A: Tem expressão, nasce irritado, com cara de choro.
R: Respira solto, sem oxigênio, está à vontade.

Como na faculdade, nota boa era acima de sete.
Você adorava dar notas aos bebês dos outros. Achava fofo bochechas rosadas.
Nada melhor que aplicar a teoria na prática.

| CESÁREA |

Você abre os olhos, a lâmina de acrílico ainda está lá. É um alívio, no céu ou no inferno não existem aquelas luminárias.

O rosto mascarado do anestesista desponta de cabeça pra baixo na sua frente e pergunta se está tudo bem. Você tenta balançar a cabeça em afirmativo, se sente extremamente fraca, mente, só quer que ele saia da vista.

Ele desaparece em direção ao carrinho de monitorização, você retorna o olhar para sua tela de cinema. Em meio às mãos tintas, surge o crânio acinzentado recoberto de visgo manteiga com cabelos molhados se insinuando através do seu útero aberto. Mãos velozes o encaixam em gatilho pelas faces laterais do rosto, recobrem as orelhas e o puxam num tranco. O pescoço sai, é uma mola, a cabeça está do lado de fora, balançando. Outra mão se encaixa por baixo do tronco, ainda puxando ele, expõe um dos ombros e em seguida logo o outro ombro escorrega, num cuspe, todo o resto do esmilinguido corpo é ejetado, levemente azulado.

Paralisado.

morto?

As mãos sobre o campo cirúrgico, rápidas, o envolvem, sacolejam, estimulam. Um, dois cutucões circulares no dorso.

acorda!

Três. Mais um sacolejo.

Outras mãos já pinçam com um Kocher o cordão umbilical. Agora viram ele de costas, mais um sacolejo, o pequeno corpo balança, gelatinoso.

Imóvel.

O silêncio é devastador.

vai, menino!

As respirações estão suspensas. A sala aguarda.

Mãos ainda o sacodem, enquanto outras clampeiam o pregador amarelo. Seccionam o umbigo.

Você e seu filho estão oficialmente separados.

Num movimento de bater de asas afogado, ele arqueia as costas, treme e emite um raso grunhido.

"Tá vivo!"

O gemido parece um miado que, mesmo fraco, ecoa tão forte que volta a movimentar a sala.

Mãos afobadas o retiram de campo. Você se contorce, eleva rápido a cabeça na direção para onde o levam, sente fraqueza. Não consegue enxergar o berço aquecido da sala, onde ele estaria sendo recebido pelo pediatra. Se estira novamente, o anestesista segura sua testa.

Você não consegue mais ouvir o choro. Nos seus tímpanos, apenas os bipes insuportáveis do seu coração.

Retorna a atenção para o foco, campos cirúrgicos banhados de sangue por todos os lados.

Fecha os olhos, sua retina não tem mais utilidade. Você precisa dos ouvidos. Quer ouvir o miado.

Sim, cadê o miado, o choro, você precisa escutar algum ruído, qualquer choro murcho que demonstre a manifestação ativa daquele pulmão.

A sala ecoa sons de bipes e baques dos infernais aparelhos em funcionamento, você só escuta a cacofonia do desespero.

Você quer silenciar todos. Não quer escutar o monitor cardíaco, não precisa ouvir a merda do seu coração. Você só quer ouvir o choro, cadê o choro, cadê o miado?

Se dá conta de que não anunciaram a hora do nascimento. Nem o nome. Sem protocolo. Sem cena romântica.

Ele tem nome, equipe, tem sim. Ele nasceu. Não houve aplausos, não houve foto. Não anunciaram o nome. Quem nasce mudo não tem nome, não tem direito à proclamação.

O silêncio da equipe gritava o curso fora de órbita daquele parto.

Você é tomada pela exaustão. As pálpebras pesam mais, tenta abri-las, não consegue, são bolsas de chumbo, já não lhe obedecem.

Mais um tapa no seu ombro.

"Respira fundo, Isadora!", o anestesista ordena.

No foco, mãos vermelhas continuam a sair e entrar, cada vez mais velozes.

O cateter no seu nariz é retirado e substituído por uma máscara de oxigênio, agora empurrada com força contra seu rosto.

"Respira fundo, Isadora!"

trinta e três...

nascimento s.m.

1. Ato de surgir; nascença.

2. MED Expulsão natural ou cirúrgica de um nascituro do corpo de sua mãe, independentemente da duração da gestação ou do estrago físico ou psicológico que se faz nela, apresentando os mesmos sinais vitais, como: batimento cardíaco, pulsação do cordão umbilical ou contração muscular voluntária.

3. Começo ou princípio de algo, não necessariamente bom.

4. O mais precoce e terrível dos desastres.

| CONVERSAS PARALELAS |

Um dia, ele comentou no escritório que iria ser pai.

Exibiu com orgulho a impressão borrada em preto e branco do último ultrassom.

Os colegas o cumprimentaram. Acenaram. Deram tapinhas nas costas. Beberam todos juntos uma rodada completa de café. Depois retornaram às suas respectivas baias e planilhas.

Foi o Arnaldo quem se aproximou, pegou mais firme no seu ombro.

"Rapaz, é bom. Mas é duro."

Não deu bola. Balançou a cabeça em concordância e tomou tranquilo suas doses de cafeína. Ele era inteligente, tinha plena consciência de si mesmo, já era homem feito e maduro.

Até hoje se pergunta se o Arnaldo prevê o futuro.

| GRANDE ENTRADA |

Ele entra na maternidade mais animado e cumprimenta a esbelta moça maquiada e de coque alto detrás do balcão. Ela pergunta os dados da paciente, ele informa, ela ergue as sobrancelhas ao checar no computador.

"Ela está no centro cirúrgico."

Depois de um minuto, a moça solicita que ele exponha o punho direito, onde enlaça uma pulseira laranja e lhe dá uma etiqueta branca pedindo para que grude na camisa. Depois indica o caminho.

"Sexto andar. A enfermeira vai falar com o senhor."

Ele agradece. Atravessa um hall de poltronas vazias até uma segunda área, com mais cadeiras, onde uma grávida cabisbaixa está sentada de pernas abertas aguardando atendimento.

Ele apressa o passo, anda saltitando, finalmente encontra o elevador. As mãos tremendo apertam o botão do sexto andar, sai num corredor branco, sem saber a direção. Decide virar à esquerda. Logo o corredor se afunila numa entrada cinza, onde um rapaz de olhos puxados e bastante gel no cabelo, atrás de outro balcão, o recebe, checa a pulseira e lhe indica o vestiário.

"Qual o tamanho da sua roupa?", o jovem pergunta.

Ele não faz ideia.

"Acho que uma M dá", o rapaz toma a iniciativa e entrega uma blusa, uma calça e uma touca verdes, junto com uma chave de armário.

"Sala 7", orienta.

Ele agradece e segue, acompanhando as placas.

Coloca a touca, veste a roupa privativa e logo se sente um idiota por ter escolhido uma camisa nova. Evidente, não seria com aquela camisa que conheceria seu filho. Acha graça do equívoco, se olha no espelho, três tons diferentes de verde. Resolve tirar uma foto para registro.

Guarda o celular no bolso e entra. O novo corredor amarelo está vazio.

Procura as enfermeiras, não encontra ninguém e estaciona em frente ao balcão branco. Computadores ligados, papéis e canetas com ar de abandonados.

Ouve apitos e uma agitação mais à frente. Acima da porta da sala reconhece a placa de número 7. Há de ser lá. Empurra, tímido, a porta.

Sua vista é tomada por panos sujos de sangue, iluminados por fortes luzes no meio da sala. Ele paralisa.

"Quem deixou ele entrar?", alguém grita.

De imediato, ele é dominado por um forte embrulho no estômago, sente um amargo atrás da língua. As pernas ficam bambas, uma enfermeira o segura pelos ombros e o arrasta para fora da sala enquanto ele se esforça ao máximo para se manter de pé, não quer desmaiar, não pode passar essa vergonha.

É levado para uma saleta anexa, não sabe como, onde outra enfermeira lhe oferece um copo d'água. A moça pede calma e que ele aguarde um momento até o final do procedimento, a médica iria conversar com ele.

Ele senta e obedece.

urgência s.f.

1. Qualidade ou condição de urgente.

2. Necessidade que requer solução rápida, pressa.

3. Situação crítica, ou grave, que tem prioridade sobre as demais.

4. Quando não dá tempo nem de fazer xixi.

emergência s.f. ⊙ ETIM latim *emergere* — "trazer à luz"

1. Ato ou efeito de emergir.

2. Nascimento de um astro (do céu).

3. Situação grave, perigosa, momento crítico ou fortuito.

4. Dispositivo de segurança instalado em elevadores, máquinas e meios de transporte que deve ser acionado em situações de desespero.

5. Quando não dá tempo nem de respirar.

6. MED Setor de instituição hospitalar onde se prestam serviços médicos e cirúrgicos àqueles que necessitam de tratamento imediato, onde todos querem ser atendidos primeiro e a fila dependerá dos níveis de pressa, agonia, paciência e egoísmo intrínseco aos seres humanos envolvidos.

|SACOS|

A vida termina de diversas formas.

Dependendo da cultura, tratamos os corpos de modo diferente.

Por aqui, recolhemos pessoas em sacos plásticos.

Assim foi o seu primeiro contato com um cadáver.

O professor de neuroanatomia resolveu levar a turma para um encontro ao vivo. Defuntos fresquinhos, recém-morridos do Instituto Médico Legal.

As lendas da disciplina eram diversas. Contava-se que, um dia, o aterrorizante professor obrigou um aluno a lamber o dedo depois de tê-lo passado no cérebro do morto.

Você não acreditou.

Todos sabiam que se tratava de um teste de resistência, o tipo de prova convocatória aos calouros só para ver quem aguentava o tranco.

No dia da sua aula, o professor amontoou a turma ao redor da maca metálica e abriu sem cerimônias o zíper branco no meio do saco preto. Você nunca mais pôde esquecer o cheiro do sangue metálico preenchendo as narinas.

Você ainda veria nos anos seguintes inúmeros corpos. Sacos com zíper nos salões da disciplina de Anatomia Humana. Cadáveres flutuando, afundando e emergindo dos tonéis de formaldeído, ou simplesmente repousando enegrecidos e secos, glicerinados, sobre macas, sem pele, sem identidade, deitados em seus eternos leitos metálicos até a próxima aula.

Durante o internato, mais discretamente, os corpos frescos saindo das emergências e UTIS, transportados sorrateiramente por debaixo de lençóis brancos pelos corredores.

Anos depois, um funcionário desconhecido abriria um saco, desta vez cinza, o de dona Fátima. Você reconheceria aquele velho rosto bravo, quebrado após o atropelamento.

Ninguém gosta de ver a morte assim, escancarada. É de bom tom cobri-la devidamente. Enfie-a num saco.

A vida terminava em sacos. Isso você sabia.

Só não se atentou na possibilidade dela começar num outro saco.

Para você, era novidade.

| SACO DE VIDA |

Você sente dedos gelados na bochecha. Desperta.

No suporte acima, a bolsa plástica vermelha goteja o sangue espesso da transfusão no equipo.

O foco mudou de lugar, você já não consegue mais enxergar o que acontece na cirurgia, apenas sente trancos esporádicos transmitidos a partir do quadril. Estavam lhe fechando.

O ar úmido da máscara de oxigênio esfria seu rosto. Você experimenta na prática a sensação de astenia, parece ter corrido uma maratona. Todos os músculos do seu corpo estão cansados, os batimentos acelerados palpitando forte, você sente o sangue irradiando pelo pescoço a cada sístole.

Aos poucos, os sons da sala retornam. Uma voz rouca chama firme ao pé do ouvido esquerdo.

"Isadora, seu filho."

filho

Você olha na direção da voz, uma incubadora ao lado com uma série de pessoas a cercando. No centro do cortejo você vê um saco transparente contendo um bebê.

Números piscam no pequeno monitor, fios e cordas emaranhados num ninho de cabos ao redor do bebê. Seu filho ao centro, dentro de um saco plástico.

saco plástico

Sua vista embaçada mal discerne o pequenino corpo. Não há absoluta distinção de rosto entre todos os aparatos, uma luz vermelha incandescente ao canto é o que há de mais chamativo.

"... está estável..."

Um par de olhos cor de mel entre a máscara branca e a touca azul está agachado ao seu lado proferindo palavras abafadas, as quais você não distingue, mas tenta compreender.

"...executar alguns procedimentos..."

É o pediatra quem fala, deve ser, você tem consciência que são informações importantes, você as ouve, tenta, não consegue, seus olhos não desviam mais do saco.

"... melhorou a respiração..."

O saco plástico é transparente, translúcido, não esconde o corpo.

calor

Controle de temperatura, você raciocina, faz parte do controle do ambiente ao redor do bebê.

Seu menino permanece lá dentro, inerte. Mãos se mexem por dentro e por fora da incubadora.

"...intubado..."

Cuidam da respiração dele. Enquanto dedos em pinça de uma mão seguram o fino tubo orotraqueal, o polegar de outra levanta e abaixa, tampando e destampando a válvula do sistema de ar, ventilando.

"...vai para a UTI..."

tira ele daqui

Você balança a cabeça, assertiva. Quer berrar tá bom, obrigada, vai, o chiado do oxigênio da máscara na sua face abafa qualquer som.

vai, leva ele logo!

O homem agachado à esquerda permanece tagarelando, você se agita. O anestesista balbucia algo. O pediatra se levanta.

O roteiro segue, continuam as falas rápidas e abafadas por trás de outras máscaras, o tom de calma misturado aos toques, bipes, em uma perfeita sincronia do caos.

"... vê-lo em breve", o anestesista encerra.

Rapidamente o comboio se movimenta, a caixa transparente segue velada e desaparece do seu campo de visão.

A sala retorna ao grosso silêncio. Restam apenas os bipes do seu monitor cardíaco.

Você procura o anestesista, não encontra. A bolsa de transfusão está quase acabando.

Você repousa a cabeça, respira fundo e tenta relaxar o tronco, a parte acima do umbigo, a que você ainda tem algum controle. Percebe curtos solavancos, mãos lá embaixo continuam te suturando.

Uma lágrima quente escorre do seu olho direito aberto, mesmo sem piscar, e cai na lateral do seu rosto, contornando a máscara. Você sente coceira na bochecha.

Não há quem a enxugue.

FRUTAS

Todo pai que se preze precisa se inteirar.

Ele tratou logo de baixar o súper aplicativo contendo toda série de orientações e informações sobre parto, puerpério e gravidez.

Estudou todas as guias. Comprou livros sobre rotina e cuidados com o bebê. Acompanhava no app as etapas e os marcos do desenvolvimento. Sua roda do tempo passou a girar em torno das semanas.

Assim, toda quarta-feira era uma ocasião especial: o dia em que se atualizava a idade gestacional.

No início, ele sentia tensão, principalmente quando observava a evolução da dimensão do bebê. Com 8 semanas, o bebê tinha o tamanho de uma uva.

Com o passar do tempo, e ao verificar o crescimento real da barriga da esposa, sua nova diversão era descobrir qual seria a fruta da semana.

Ficou aliviado na 20ª semana: chegamos à banana.

Achou que o filho nasceria alto e grande, como ele, certeza de que o seu garoto viria do tamanho melancia.

Não rolou.

Com 33 semanas, o filho veio abacaxi. Ou pé de couve.

E ainda por cima verde.

| ESPERA |

Ele aguarda na saleta de espera enquanto a ampulheta da vida se reconfigura.

Os ponteiros no alto da sala se arrastam e, quando finalmente alcançam as 5 horas e 57 minutos, surge a figura da obstetra suada, maquiagem derretida, acompanhada por um homem alto e de porte atlético, que se identifica como o pediatra. Apesar de cansados, ambos têm o ar pomposo.

A obstetra é quem repassa as notícias sobre a cirurgia: houve uma emergência, um descolamento prematuro da placenta com uma grande hemorragia, foi difícil, porém conseguiram conter o sangramento.

Ele ainda fica impressionado com a facilidade que palavras como sangue e emergência saem da boca dos médicos, que nem sequer tremem os lábios ou mudam de semblante ao pronunciá-las. Pergunta se os dois estão bem. A obstetra pede calma, está tudo bem.

Ele sente raiva, nada está bem, não é idiota, ele viu todo aquele sangue lá dentro, aquilo não pode ser normal.

"Está tudo bem", o pediatra reforça, tocando no ombro dele.

Em seguida, lança uma nova chuva de informações: o bebê é pequeno, imaturo, algo abaixo do normal, até nasceu bem para as semanas de idade gestacional, porém precisou da ajuda de aparelhos para respirar, foi intubado, mas passa bem.

A obstetra volta a falar da esposa, ela está bem, mas perdeu muito sangue, por isso também precisará ficar algum tempo em observação na UTI.

"Quanto tempo?"

"Não sabemos ainda, é muito relativo."

O pediatra comenta como a cirurgia havia sido muito bem feita e eficiente, a obstetra assente, eles trocam olhares de orgulho, repetindo durante a falação a palavra bem mais algumas vezes.

Ele sente náusea e volta a sentar na poltrona.

"Calma, vai ficar tudo bem", o pediatra toca no ombro dele.

"Quando vou poder ver meu filho?"

"Em breve. Ele está sendo admitido na UTI neonatal neste momento", o pediatra responde, dando mais um tapinha no ombro dele e se despedindo, ressaltando que logo, logo o colega do setor daria mais informações.

Os médicos deixam a sala. A enfermeira do centro cirúrgico traz outro copo d'água, reafirmando que vai ficar tudo bem. Ele toma com as mãos tremendo.

"O que eu faço agora?", ele pergunta.

"Aguarde aqui um momento."

tempo *s.m.*

1. Duração relativa das coisas que cria no ser humano a ilusória ideia de presente, passado e futuro.

2. Diz-se da experiência ou atividade que passa voando quando a gente se diverte e que encalha em ocasião de dor, amargor, mazela ou sofrimento.

3. A principal perda contínua do ser humano.

hora *s.f.*

1. Segmento de tempo equivalente a 60 minutos e vigésima quarta parte de um dia solar (o tempo que a Terra leva para girar em torno de si mesma).

2. Algarismo ou sinal enlouquecedor nos mostradores de relógios.

3. Cada uma das pancadas ou badaladas dos sinos.

4. Quantidade de tempo a que se atribui um valor monetário, nem sempre justo, pelo que você trabalha.

5. MED Ciclo de cada três que passa a dominar sua vida durante uma estadia numa UTI neonatal.

| LABIRINTO |

Na sala de espera apertada, ele se sente abandonado. O universo ignora o que acontece ali. Após minutos adicionais de demora, a enfermeira reaparece solicitando que retorne imediatamente à recepção para finalizar o processo de internação.

Capenga ligeiro pelos corredores. De volta ao térreo, uma nova funcionária lhe entrega a bolsa de couro da esposa e uma embalagem plástica contendo o celular e a aliança junto a um maço de papéis, e solicita que leia atentamente o contrato e assine, caso concorde. Ele rubrica as folhas sem passar nenhuma vista.

A moça corta a pulseira laranja e a substitui por outra, desta vez branca, onde consta:

```
|||||||||||||||||||||  ACOMPANHANTE:
                       RN de Isadora Lemes Cristo
```

"UTI adulto, sexto andar", ela libera a entrada.

Ele retorna à peregrinação entre hall, elevador e corredores até a porta da UTI, que está fechada. Não há recepção. Atordoado, verifica as paredes, acha um interfone preto, aperta o botão, uma voz robótica solicita que se identifique.

"Sou marido de Isadora Lemes."

"Corredor à direita", a voz ordena.

A porta se abre.

Segue carregando a bolsa pesada. Uma enfermeira de uniforme rosa vem ao seu encontro, sorrindo, avisando que não é permitido acompanhante no momento, mas que permitiria uma rápida visita e, em breve, o médico da UTI conversaria com ele.

Atravessam vários leitos envidraçados até pararem em frente a um dos quartos, onde a enfermeira abre a cortina verde.

Ele te vê na UTI.

Recoberta por um lençol branquíssimo, você está dormindo. Está um tanto pálida, mas parece tranquila.

Ele entra devagar. Nota, então, a bolsa vermelha de sangue dependurada no suporte ao seu lado. Sente náusea. Recua.

Não, ele não quer te acordar, melhor que você descanse ao máximo, precisa se recuperar da cirurgia.

Dá dois passos lentos e retrógrados, fechando vagarosamente a cortina. No balcão de enfermagem, pergunta ao funcionário onde fica a UTI neonatal, ele o orienta para o lado oposto ao centro cirúrgico.

Sai vagando pelo longo corredor branco, mais pálido do que você, rumo à próxima UTI.

UTI s.m. MED *sigla* unidade de terapia intensiva

1. MED *sinonímia*: unidade de tratamentos intensivos; uníssono de tensão imediata; um território inóspito.

2. Área hospitalar reservada aos que exigem cuidados intensivos ou vigilância constante para que se mantenha o adequado funcionamento de seus órgãos ou sistemas.

3. Região hospitalar reservada a médicos, enfermeiros, técnicos e humanos portadores de coração e alma em bom estado de conservação e funcionamento, bem como requintes de empatia e piedade intrínsecas.

4. Melhor (e pior) metro quadrado de avaliação da experiência humana.

| ADMISSÃO |

Ele chega numa nova entrada, uma larga porta branca ornamentada por cordões de isolamento pretos e amarelos, com um segurança mal-encarado munido de paletó.

O homem sai de trás do púlpito de madeira, confere a pulseira dele e fornece uma chave de armário, ordenando que guarde todos os pertences no estreito corredor ao lado.

"Não pode entrar com celular", o guarda ressalta em tom embravecido.

Ele encaixa com dificuldade a bolsa de couro no minúsculo armário cinza. Pega o saco com o celular da esposa, vê na tela inúmeras chamadas não atendidas. Ignora e desliga o aparelho. Retira a própria aliança e junta com a sua no mesmo saco, com certo desgosto. A ação soa como divórcio.

O guarda permite a passagem pela catraca e ordena que aguarde atrás da porta seguinte.

Uma senhora baixinha de jaleco vem ao encontro dele, o cumprimenta e se identifica como enfermeira-chefe. Ele acha a postura dela muito ereta e o sorriso largo demais para a ocasião.

"Por aqui."

Ele a segue enquanto ela profere a extensa lista de regras da UTI: sempre lavar as mãos antes de entrar, não entrar com nenhum objeto, é absolutamente proibido usar o celular, não se deve olhar o bebê dos outros, os horários de visita e mamadas constam no quadro de avisos, há um dia específico para a visita dos avós.

"Ele não tem avós", ele comunica.

Ela recebe a informação sem nenhum abalo na expressão, continua caminhando. Entrega um maço de panfletos, solicitando que os leia com a devida atenção e calma, depois aponta para uma grande pia e ordena que lave as mãos, ensinando onde fica o acionamento automático. Ele segue obediente as orientações, enxuga as mãos tremendo.

"Tente não encostar em nada", ordena, rígida.

Chegam numa extensa galeria de salas envidraçadas, repleta de inúmeras incubadoras. É labiríntica. Ao passarem pelas vidraças, ele observa à distância o inventário colorido de bebês, de todos os tipos e tamanhos. Nunca tinha visto tantos bebês juntos. No geral, acha todos pequenos, menores do que seriam as crianças normais na sua concepção.

A enfermeira continua a disparar informações, ele tenta absorver, ela permanece falando com o rosto voltado para frente.

Ele desiste. Mesmo que escutasse tudo muito bem, não conseguiria assimilar ou reproduzir nada.

Atravessam mais algumas portas automáticas até que, enfim, chegam à sala mais ao fundo, onde o pediatra de plantão da UTI neonatal os espera.

O rapaz é um jovem de ar simpático e sorriso fácil. Mal os cumprimenta e começa as explicações: seu filho precisou ser intubado, o pulmão ainda era imaturo, não completou as 34 semanas necessárias, talvez precise de oxigênio nos próximos dias, não sabemos por quanto tempo, mas até o momento está estável, se comporta muito bem e agora dorme. Informa o peso do seu filho ao nascer, diz que ele já havia tomado 2 ml de leite e feito bastante xixi. Em seguida, indica a última incubadora da sala, puxando suavemente o marido pelo antebraço para que se aproxime.

Ele permanece à meia-distância, mirando o pequenino bebê ao centro da incubadora conectado à série de fios e tubos. Uma luz vermelha intensa brilha no pé direito dele. O corpo do seu filho é pequeno, bem menor do que uma melancia.

O jovem segue falando, já o submeteu à bateria de exames e logo pela manhã fará um ecocardiograma. Depois, avisa que vai sair de férias, não será ele o médico a acompanhar o caso, mas fique tranquilo, pois seu filho estará em boas mãos, a equipe toda é muito competente. Qualquer dúvida pode ser retirada nos relatórios médicos diários, os horários constam no quadro de avisos. Também alerta para que não se assuste com a perda de peso nos primeiros dias, é normal.

O mundo já performa em câmera lenta. O marido permanece aéreo, ao lado da incubadora, pensando em como te repassar todas aquelas informações ou se seria o caso de não repassar tudo, talvez poupá-la.

Não, não, logo refuta a ideia. Ele não é médico, não entende dessas coisas, não sabe como funcionam aqueles aparelhos e tubos, você sim, entende de tudo, mais do que ele, com certeza vai querer saber de cada detalhe quando acordar, ele precisava dar um jeito de memorizar e te repassar.

O pediatra é chamado em outra sala, pede licença e sai apressado. A senhorinha aproveita a deixa e o apresenta para uma das técnicas de enfermagem do local, a qual assume o posto de falação e começa a explicar mais regras, agora sobre a incubadora: sempre lavar as mãos, pode colocar objetos em cima desde que envoltos em saco plástico, não pode segurar o bebê no colo sem autorização, mas pode tocar se quiser, desde que se passe álcool gel antes e depois de encostar na incubadora. Ela fala gesticulando enquanto esfrega álcool gel nas mãos e abre a janelinha lateral da caixa, apontando os diversos dispositivos internos e mexendo no seu filho.

Ele se afasta. Os olhos molhados involuntariamente. A enfermeira para de falar e recolhe as mãos da incubadora. As duas mulheres trocam olhares de piedade. A enfermeira baixinha toca no ombro dele e diz:

"Terão dias melhores."

Ele se esquiva. Vira de costas. Com as passadas capengosas, procura a saída. Atravessa a entrada de cordões sem raciocinar, apenas transita pelos corredores.

Num lugar próximo, avista uma poltrona cinza estofada vazia e se joga.

Abaixa a cabeça e, entre mãos tremendo como nunca, desata a chorar.

| MOLDURA |

No velório de dona Glória, ele não conseguiu derramar sequer uma lágrima. Fitava, absorto, as margaridas brancas e amarelas que emolduravam o rosto rechonchudo encaixotado da mãe.

Desde então, o vento sul ficou mais congelante do que o usual.

Decidiu aceitar a proposta do novo emprego na capital nacional do mercado financeiro. Mudou-se para São Paulo sem titubear.

O estúdio na metrópole tinha apenas o essencial na geladeira: água, café e macarrão instantâneo.

Não tinha tanto dinheiro, mesmo assim, se recusou a vender o terreno e a casa de praia, herança da avó, em Santa Catarina. Permaneceu lá a mansão escura e mal alugada.

Um dia, quem sabe, ele retornaria à praia. Reformaria tudo e então moraria com sua família na beira do mar, enrugando os pés na areia.

Se encontrasse uma boa esposa.

Algum dia. Quem sabe?

surfactante *adj. 2g. s.m.*

1. QUÍM Diz-se de qualquer composto que reduza a tensão superficial de uma solução, como detergentes e emulsificantes.

2. Líquido oleoso aplicado nos pulmões de prematuros extremos que ajuda a abrir os alvéolos.

3. Palavra incômoda que engasga na garganta, mas com o efeito oposto: facilita a respiração e deixa tudo menos sufocante.

4. Um lipídio com moléculas conectadas em formato de estrela.

| RESGATE |

"Léo?"

Uma voz esganiçada chama.

Por um segundo, ele pensa que está delirando. Levanta a cabeça, foca a imagem, olha o rosto turvo e redondo de uma moça de cabelos crespos em tranças, de ar simpático.

Franze a testa. Ela estranha a falta de reconhecimento.

"Oxe, não lembra de mim não, é?", ela pergunta, sorrindo.

O sotaque ticado dela reativa a memória: era uma amiga da esposa, da residência médica, ele não lembra o nome. Se esbarraram poucas vezes, mas já ouvira tantas histórias que tinha a sensação de conhecê-la há muito tempo.

"Vim ver Dorinha!", ela justifica.

A moça age naturalmente, os movimentos fluidos, se comporta como se não tivesse visto nenhuma lágrima no rosto dele, o que é um alívio.

"Ela me mandou mensagem de madrugada, depois não me atendeu mais. Operou já, não foi?"

Ele balança a cabeça, afirmativo.

"Como que ela tá?"

Ele suspira.

"Dormindo."

"Mas por que foi pra UTI?"

Ele tenta explicar, não acha as palavras.

"O médico ainda ia conversar..."

"Pois deixe comigo, vamos lá", ela fala firme, abanando as mãos em sinal para que ele se levante.

Avançam pelos corredores, ela à frente.

Na entrada da UTI adulto, ela passa o crachá e libera a porta.

"Me espera aqui rapidola", ela indica uma sala ao lado.

Ele se surpreende com a existência daquele espaço, entra e permanece de pé, olhando as paredes.

Instantes depois, ela retorna com notícias.

"Ela tá bem. Sangrou um bocado na cirurgia, mas tão transfundindo e fazendo ocitocina, então tá meio grogue, sabe? Mas deixe ela descansar, mais tarde cê vai lá e conversa melhor com o intensivista."

Ele fica aliviado em saber que foi bom não ter acordado a esposa.

"E o pequerrucho, como que tá?"

Ele levanta os ombros.

"Tá intubado?"

"Sim."

"Tomou leite?"

"Hum... Acho que sim."

"Fez xixi?"

"Sim!"

Ele não faz ideia do porquê essa informação é importante, mas fica feliz em saber a resposta.

"Ótimo. Bora lá comigo."

Seguem rumo à UTI neonatal, ele na escolta. Sente conforto em não caminhar mais sozinho.

"Doutora Fernanda, médica da família de Isadora", ela anuncia na entrada, mostrando o crachá para o segurança, que permite a passagem de ambos sem dificuldades.

"Me espera aqui", ela indica os bancos pretos logo após o corredor da entrada.

Ele permanece de pé, observando as costas de Fernanda desaparecerem no corredor de vidros.

intubação *s.f.* forma não pref. de entubação

entubação *s.f.*

1. Introdução de tubo ou sonda em canal ou orifício em órgão oco ou cavidade natural.

   1.1 **e. gástrica** MED Passagem de tubo através do nariz ou da boca até o estômago para alimentar o paciente ou aspirar conteúdo gástrico.

   1.2 **e. traqueal** MED Passagem de tubo através do nariz ou da boca até a traqueia para permitir a circulação de ar em anestesia geral ou parada cardiorrespiratória.

2. Forma de adaptação que alguns profissionais contemporâneos encontraram de embutir, culpar ou enrabar os demais profissionais, colegas ou pessoas ao redor, em prol de benefício próprio.

3. Produto das relações humanas no capitalismo.

| MURAL |

Ele procura sentar num dos bancos pretos próximos e, ao olhar para cima, nota o amplo quadro magnético que recobre completamente a parede ao final da entrada, à sua frente.

É um mural.

O extenso painel de fotos é uma espécie de catálogo do antes e depois dos bebês que passaram pela UTI neonatal.

Ele se aproxima. Mais de perto, observa a série de fotos dos prematuros em suas incubadoras e as respectivas imagens, algum tempo depois. Impressos de e-mails, bilhetes e cartas permeiam as fotos, junto a diversas folhas de avisos. Cada foto de prematuro contém uma legenda com nome, peso e semanas de nascimento da criança.

Passa a vista pelos diversos bebês. Começa a procurar qual seria a foto do menor bebê do quadro. Acha um bem pequeno:

Antônio, 25 semanas, 880g

Paralela ao retrato de Antônio intubado, outra imagem de um bebê de rosto rechonchudo, sorrindo. Não parecem a mesma criança.

Faz as contas. Seu filho tinha nascido com 33 semanas, ele não sabia a exata medida de peso, mas tinha certeza, o valor era maior que um quilo. Próximo de dois? Precisaria verificar.

Se um bebê com um peso de 880 gramas consegue sobreviver e se tornar uma criança gorda, por que o seu filho não conseguiria?

Ele continua a navegar pelas imagens de crianças entre incubadoras, berços e parques até que Fernanda retorna, com a expressão mais firme.

"Ele tá bem, só o pulmãozinho que tá frágil", informa.

Começa a explicar a respeito da maturidade pulmonar, mais garantida a partir de 34 semanas. Como o pequeno havia nascido um pouco antes, precisou receber surfactante, e a esposa, uma dose de corticoide antes do parto. Porém, seu filho ainda ficaria no tubo, com ventilação mecânica. Aos poucos retirariam o oxigênio.

"Quanto tempo?"

"Muito cedo pra saber, homem. Mas calma, tão fazendo tudo certinho."

Ele agradece, enxugando os olhos com as costas da mão.

"Que horas é a visita?", ela pergunta.

"Hum..."

"Não te entregaram os folhetos?"

"Sim..."

Ela suspira.

"Pois se acalme, homem. Não adianta você ficar aqui, agora. Daqui a pouco deve ser o horário do relatório médico. Pois tome um café, veja que horas é a visita. Aí você vê o pequeno e conversa com o pediatra do dia com mais calma."

Ele concorda.

"Esse quadro é bem legal, né?", Fernanda comenta, indo em direção à porta.

"Sim", ele sorri.

Em passos mais lentos, deixam juntos a UTI.

|MONITOR|

Existe um som, em todo aparelho de monitorização, que é um alerta, um chamado de três bipes, indicando que alguma coisa, naquele instante, está fora do padrão.

"Tan tan tan"

É uma sequência de três notas, três sons de volume crescente, com o timbre decrescente.

"Tan taan tooon"

Palavras jamais conseguirão reproduzir. Um dia você até quis entender de música para ver se conseguia transformar aqueles malditos bipes em algo que soasse mais agradável aos seus tímpanos.

"Tan
    taaan
        toooooon"

Basta ouvir uma única vez a sequência dos três bipes e você nunca mais será capaz de esquecê-la. O terceto. Os três bipes. A típica sinfonia da UTI.

Os tons da vigília da morte.

As três bipadas podem disparar por motivos diversos. Na maioria das vezes, não é nada grave, é apenas um sensor desconfigurado ou um fio desconectado. É só falta de sensibilidade, uma posição equivocada, um cabo.

Mesmo que se aperte o botão mudo, após um tempo o monitor reativa o alerta automático e reapita. Só silencia em absoluto quando se configura o modo inativo, o que é um risco numa UTI, o monitor perde sua função. Melhor deixar ligado.

Assim, às vezes o monitor apita.

Faz sua função: de vez em quando, nos alerta para a vida.

| RECUPERAÇÃO |

Você desperta com o som dos bipes do monitor.

"Tan taan tooon"

Deitada em decúbito elevado, você está sozinha num leito cercado de cortinas verdes, conectada a um monitor. Bipes tocam de novo, desta vez mais baixo, em algum lugar próximo de você. Não são do seu leito.

Você não está na recuperação anestésica, o local é isolado e estruturado. Mesa de apoio, cortinas verdes, poltrona ao lado. É um leito.

UTI

Procura algum relógio na parede. Não encontra. Tenta enxergar o relógio do monitor, não dá, a tela está voltada para a porta do quarto.

Você perdeu completamente a noção das horas, viver deixou de ser uma sequência de atos, é agora apenas um emaranhado de imagens.

O monitor denuncia sua angústia, aumenta a frequência cardíaca, logo surge o rosto de um técnico de enfermagem abrindo a cortina.

"Tudo bem por aí, doutora?"

doutora

A esta altura, a fofoca já correu solta, já lhe chamam pela profissão.

"Tudo", você responde, sentindo uma pontada no abdômen.

O enfermeiro entra carregando a bandeja de medicações, percebe seu movimento e confere o monitor.

"Tan tan tan"

"Você pode colocar o monitor no mudo, por favor?", você pede.

Ele te olha surpreso, mas segue o pedido.

Você respira mais aliviada, apoiando a cabeça.

"Tá com dor?"

"Um pouco."

"Vou fazer a medicação da senhora."

senhora

Você olha para seu anelar esquerdo sem aliança.

"Onde está o meu marido?"

O técnico injeta as seringas no seu braço esquerdo sem levantar a cabeça.

"Deve estar chegando."

No suporte de soro acima, um frasco de medicação corre na veia.

"O que é isso?"

"Ah, é a ocitocina."

"Por quê?"

Ele te encara.

"É o protocolo. A médica já vai falar com a senhora."

"Isa?"

A voz da obstetra chama seu apelido por entre as cortinas, com um tom de intimidade que você não se lembra de ter permitido.

"Como você está?", ela com um largo sorriso.

uma merda

"Onde ele tá?", você pergunta, sem delongas.

O enfermeiro pede licença e sai puxando a bandeja de ré.

"Calma, Isadora, tá tudo bem."

"Cadê o Leônidas?"

Lerdônidas

Por onde estaria agora o seu marido, aquele homem de eterna calma?

"Ele já está no hospital, está vindo."

"Eu quero falar com ele."

"Calma, Isadora."

"Tan taan tooon"

"Coloca esse monitor no mudo?", sua voz sai como uma ordem.

A obstetra arregala os olhos, vai até a tela e aperta o mágico botão.

"Isadora, precisamos conversar."

Você já sabe onde aquela conversa vai parar. Nunca é coisa boa quando precisamos conversar com os pacientes.

"Isa, você teve um descolamento de placenta volumoso. Sangrou muito. Chegou aqui em choque hemorrágico grau três", o papo é reto, ela está fazendo questão de usar a linguagem técnica, você pensa.

"O bebê já estava em sofrimento fetal, por isso que fizemos a cesárea de emergência."

"Eu já sei de tudo isso. Como é que ele está?"

"Calma. Ele está bem. Está entrando na UTI neste momento. Sua cirurgia sangrou um tanto, a gente precisou fazer umas ligaduras..."

"Foi intubado, não foi?"

Ela suspira. Hesita.

"Sim."

"Tá vivo, né?"

"É claro que está!"

Você bufa.

"Ele está estável, Isadora. Claro que precisou de suporte, mas..."

"O Leônidas sabe disso?"

"Tan taaan tooooon"

"Desliga essa merda de monitor!", você grita.

"Tudo bem por aqui?", o enfermeiro surge entre as cortinas.

"Querido, você pode desativar o som do monitor, por favor?", a obstetra solicita.

"Claro, doutora!", ele se dirige à tela e fica mexendo nos botões.

"Quando eu vou sair dessa UTI?"

"Isadora, calma, você acabou de chegar."

"Quanto tá a hemoglobina?"

"Está dez, está boa, mas..."

"Eu tô estável, me tira daqui."

"Isadora, por muito pouco você não foi intubada, pensamos até que precisaríamos retirar o útero..."

"E não posso ficar na enfermaria?"

"Você sangrou uma quantia considerável, Isadora. Acho importante monitorizar..."

"Você parou a hemorragia, não foi?"

"Sim", ela é assertiva.

"Então é só monitorar o Hb, não é? Não dá pra ser numa semi intensiva?"

"Não temos vaga na semi, doutora", o enfermeiro informa, ainda com o rosto voltado para o monitor.

merda de hospital

Você suspira.

Era tudo ou nada.

"Olha aqui", você pega a mão da obstetra, mirando bem certeira nos olhos dela. "Eu jamais vou te prejudicar, entende? Eu sou cirurgiã, sou colega. Entendo os riscos. Eu sei que foi preciso tudo isso, eu tenho plena consciência do que aconteceu comigo. Mas, por favor, eu só quero ficar perto do meu filho, por favor."

Ela te fita por um instante. Seus olhos estão cheios.

Ela suspira. Larga sua mão e chama o enfermeiro. Ambos saem revirando as cortinas.

| CÂNCER |

"Sim, é tumor."

Você sempre foi a sincerona da rodada.

Cansava de ouvir médicos e enfermeiros amenizando os achados e as doenças. Acompanhantes e profissionais de fora, em murmurinho, discutindo e resolvendo questões a respeito de pessoas, as quais muitas vezes nem tinham consciência do que estava acontecendo.

"É para proteger", esse era o argumento.

Proteger do quê? Da vida?

Os pacientes surpreendiam. Não era raro possuírem mais força e conformação do que a família ou seus acompanhantes imaginavam.

Afinal, a única vantagem que se tem em saber que se vai morrer logo é saber que se vai morrer logo.

Palavras mudam destinos.

"Sim, é maligno."

Você falava mesmo.

| MORFOLÓGICO |

Tem quem adora tirar foto de neném.

Na gravidez, porém, se quiser ver o bebê, só por ultrassonografia.

Existem diversos tipos de ultrassom.

O tipo obstétrico, mais simples, é feito na rotina para se verificar o estado geral do feto, suas medidas básicas e o volume do líquido amniótico.

Já o ultrassom morfológico é feito em períodos e indicações específicas, pois observa parâmetros mais precisos, como, por exemplo, a transluscência nucal, que é a análise da luz incidindo por trás da prega do pescoço. Se estiver mais larga, em determinado período, pode ser um indicador de possíveis alterações genéticas, como a Síndrome de Down.

No morfológico também se consegue ver mais ou menos o rosto do futuro bebê. Dá até para tirar foto 3D.

Antes do seu sobrinho nascer, você pôde ver a cara dele borrada nas fotos postadas pela sua irmã, agora mais distante. Curtia por educação. Nunca compartilhou da mesma empolgação ou alegria.

Afinal, dona Fátima sempre dizia que tirar foto de bebê era a maior besteira.

"Todo mundo nasce com cara de joelho mesmo."

| PANFLETOS |

Novamente sozinho, ele anda atordoado pela maternidade.

Uma parede envidraçada exibe a luz do dia e ilumina o extenso corredor. Lá fora o dia aquece a esquina movimentada.

Amanheceu, mas ainda é sexta-feira 13.

O movimento nos corredores aumenta. Por todos os lados surgem funcionários uniformizados, enfermeiras, pacientes e acompanhantes circulando.

Ele não sabe dizer que horas são. Decide pegar os pertences no armário. Liga os celulares, passa das 8 horas. Verifica mais chamadas perdidas, que continua a ignorar.

Senta no mesmo sofá cinza em frente ao elevador com a bolsa de plantão da esposa, os sacos plásticos e o calhamaço de instruções no colo.

Abre a pasta e corre a vista pelos muitos folhetos. Decide seguir o conselho de Fernanda, desce e sai para tomar um café.

Ao alcançar a rua, sente estranheza. Pessoas caminhando livres na calçada passam por ali, completamente ignorantes ao que acontece dentro do prédio da maternidade.

Pede um expresso no balcão. O garçom de cabelos brancos e bigode grosso serve o café ligeiro.

Abre a pasta e folheia os papéis com escalas, termos e guias.

Transpassa pelas folhas devagar. O excesso de regras e esclarecimentos não perturba, pelo contrário, dão uma sensação de segurança. Com tanta riqueza de detalhes, pareciam saber o que estavam fazendo.

> **Visitas e orientações médicas**

MANHÃ: 10h
TARDE: 16h

> **Horários de amamentação**

9h - 12h - 15h - 18h - 21h - 24h - 3h

> **Horário do psiu**

Diariamente das 11h às 12h,
das 17h às 17h45 e das 4h às 5h

> **Método canguru**

Para prematuros com peso menor
que 1500 gramas pelo período
MÍNIMO DE 2 HORAS
MANHÃ: 10h
TARDE: 16h
NOITE: 20h

> **Sessão de fotos permitidas com máquina fotográfica**

Às 10h e às 15h30

Mais folhas de orientações, um folheto sobre higienização das mãos e a escala das refeições.

Existe lanchonete na maternidade, ele descobre, mas desanima ao ler que apenas as mães têm direito a refeição.

Um livrinho com mãos adultas abraçando uma pequenina mão lhe chama a atenção. É o guia de orientações aos pais.

**Algumas coisas na vida saem diferentes do
que a gente planeja, não é mesmo?**

A mensagem cumpre seu efeito. Realmente, nada até ali aconteceu conforme o planejado. O quartinho ainda estava bagunçado, o berço desmontado, essas eram as preocupações que atentara. De repente, um parto de urgência, o sangramento, um pai ausente no momento do nascimento do filho. O filho e a esposa correndo risco.

E como a gente enfrenta isso?, ele quer saber.

O guia continua:

Conte com a gente.
Essa é a nossa equipe.

Funcionários em pose dispostos em escada sorriem, a esmagadora maioria de mulheres.

Ao pé da folha, linhas a serem preenchidas:

NOME DO BEBÊ: _____
NOME DOS PAIS: _____
_____

Paralisa.

Seu filho não tem nome.

Ele não viu o rosto. Mal enxergou o corpo diante de todos aqueles tubos e luzes.

Checa o horário: 9 horas e 14 minutos. Faltam 46 minutos para o relatório médico.

Pede apressado a conta, deixa uma cédula na caderneta de couro preto e sai sem esperar o troco.

| DEGERMAÇÃO |

A primeira aula prática de técnica cirúrgica não é sobre cortes. Não envolve tesoura, bisturi, pinças ou fios.

É sobre lavar as mãos.

"Lavar as mãos? Que coisa idiota", você pensou. Até passar vergonha na aula de microbiologia ao verificar a família de bactérias e fungos que cresceu na cultura do raspado das suas unhas.

Depois disso, você estudou tudo sobre infecção no centro cirúrgico. Como combater bactérias, vírus e fungos, como limpar superfícies, esterilizar objetos, utilizar substâncias, antissépticos e degermação.

Lava essas mãos direito. Molha, enxágua primeiro. Passa e esfrega o sabão com calma. Degerma. Tem que fazer espuma. Três minutos. Conta. O tempo correto de escovação é, em média, três minutos.

Você achou graça. A Medicina gostava bastante do número três.

Depois, quando virou monitora da mesma disciplina, saía por aí, metida, ensinando todo mundo. Lavem essas mãos direito. Ensinou até o marido.

Jamais imaginou que um dia aquilo seria útil.

| FILA |

Ele retorna à recepção geral, o novo guarda engravatado mal vê sua pulseira e já passa o crachá liberando sua passagem pela catraca. Fica desconfiado. Pensa se aquilo não seria uma grave falha de segurança, o indício de vulnerabilidade de acesso. Imediatamente vem a recordação de todas as reportagens de domingo à noite sobre crianças sequestradas e trocadas em maternidades. Seu filho corre perigo.

Logo vem a imagem do filho intubado, o corpo mirrado e frágil, o medo do contrabando agora parece ridículo. Retirar qualquer bebê dali só se fosse para morrer.

O peito aperta, dividido. Não sabe para qual andar ir, se deve ver primeiro a mulher ou o filho.

No relógio são 9 horas e 24 minutos. Melhor ver o menino. Nos corredores, não anda mais sozinho, uma pequena procissão de mulheres segue na mesma direção. Algumas caminham devagar, outras mais rápido. Ele continua veloz, mesmo com o joelho estragado incomodando, se aproveita da vantagem das suas pernas longas e segue o fluxo, ultrapassando mulheres e um casal com uma mãe descabelada de roupão na cadeira de rodas empurrada pelo companheiro. Diminui o passo apenas quando vê uma jovem a capengar como ele, porém às custas de uma bota preta ortopédica na perna esquerda.

Na porta da UTI neonatal, uma fila se forma em franca agitação. Agora dois guardas organizam a entrada dos pais, com parcimônia, anunciando as salas e checando as pulseiras de cada um.

Aguarda a vez. Observa algumas mulheres acompanhadas de senhoras, as possíveis avós. Pensa que, se dona Glória estivesse viva, certeza que não arredaria o pé. A extensa fila conta com a presença de apenas três homens.

Finalmente, o guarda anuncia sala 7. Fala o nome Isadora e lhe dá a chave do armário. Acomoda os pertences rápido, mas antes de trancar retira discreto o celular e guarda no bolso da calça social.

Atravessa a porta branca e, antes de virar no corredor à esquerda, dá uma espiada no mural e renova a vontade de ir adiante.

Acompanha o fluxo de pessoas. No lavabo, pega bastante sabão e esfrega as mãos, imitando os movimentos das mulheres ao redor, mais descoladas, que lavam velozes os dedos e seguem. Ele permanece esfregando, enquanto computa o tempo no relógio acima da pia. Três minutos. Enxágua as mãos com cuidado, seca com duas folhas de papel toalha e continua até o final do corredor, onde entra na última sala à esquerda. Para diante da incubadora mais ao fundo.

Toma um susto.

Um novo tubo sai pelo peito direito do bebê. O corpinho magro parecia mais arroxeado que antes, o peito subindo e descendo com esforço.

Algo grave aconteceu nesse meio-tempo. Olha para os monitores, atordoado, não consegue decifrar o que os números significam, não tinha lido ainda os folhetos sobre os dispositivos. Fora o aparato da ventilação mecânica e do monitor cardíaco, há mais quatro aparelhos empilhados ao redor, com visores exibindo números de casas decimais diferentes.

Ele procura algum funcionário, alguém responsável, não é possível, alguém lhe deve uma satisfação. No canto da sala, reconhece a técnica que o recebeu antes e a chama.

"O que o senhor está fazendo aí?", ela pergunta irritada.

Está abismado, não entende tamanho desrespeito.

"Não pode ficar olhando os bebês dos outros!", ela ralha e o puxa pelo braço.

Ao fundo da sala, ao lado de uma grande incubadora molhada, ela aciona a abertura de uma nova porta automática. Dentro ele reconhece uma distribuição familiar de incubadoras, quatro de cada lado.

"Espere ali!", ela ordena, apontando para dentro da outra sala.

Obedece, irritado e envergonhado.

Nota a presença de outros pais, um casal esquisito na incubadora ao lado e uma loira de rosto redondo, bem bonita, no leito à frente.

Confere a placa na incubadora e se volta para o filho. A sensação é de alívio. O menino é mais gordinho e está rosado. Dorme, pacífico, braços estirados para as laterais e amarrados por estreitas faixas azuis. O tubo antes presente na boca fora substituído por uma espécie de capacete recobrindo o nariz, outro dispositivo branco que ele não conhecia.

Checa o monitor, 92%, é o único número percentual, deve ser a saturação. Fica satisfeito ao perceber que já havia absorvido algum conhecimento médico.

Aguarda em pé. O relógio da sala marca 10 horas e 6 minutos. Quanta irresponsabilidade, pensa, estão atrasados.

Enquanto fita seu bebê na incubadora, lembra do celular no bolso. Rápido, retira o aparelho, aciona a câmera e tira uma foto tremida.

"Não pode usar o celular!", a técnica esbraveja, do nada. A mulher é um fantasma.

Ele se desculpa, guardando o aparelho.

"Por favor, volte para lavar as mãos", ela ordena.

Calado, ele obedece.

|DECOREBA|

Você sempre foi ruim de decoreba.

Nunca conseguiu memorizar dados secos. Você precisava raciocinar, criar na mente associações visuais e lógicas.

Por isso, você lia os compêndios, buscava imagens e sons. Não se contentava com as simplórias explicações das apostilas.

Rabiscava cadernos, fazia as próprias anotações, desenhava figuras, inventava os próprios fluxogramas. Qualquer artifício tosco que te ajudasse a arquivar no seu cérebro de jerico as infinitas tabelas e pudesse lhe garantir a média acima de oito.

Nem sempre dava certo.

Em Psicologia Médica 2, por exemplo, você passou por um período de revolta e tirou nota três numa prova. Apesar de toda a rebeldia, a professora gostava de você, te passou com a corda no pescoço.

Se bem que esse negócio de Psicologia, naquela época, para você, não era tanto matéria séria ou importante.

As coisas mudam.

| LEITE HUMANO |

Retorna à sala 7, a visita médica já começou.

Uma pediatra corpulenta fala baixo, mesmo assim, o silêncio crepitante da sala permite que se ouça os relatórios de todos. A cada incubadora ela se aproxima devagar, anuncia com a voz grossa o peso da criança e depois repassa o relatório do dia. Ao término, os pais são dispensados.

O bebê ao lado está muito mal. Por longos minutos a médica explana sobre a necessidade de drogas para o coração, comenta sobre o pulmão encharcado, os drenos no tórax não estavam mais fazendo efeito.

O rapaz de camisa preta com estampa de banda de rock enxuga discretamente as lágrimas, enquanto a mãe de cabelos rebeldes não faz questão de escondê-las.

Poderia ser pior, pelo menos o pulmão do seu filho não estava com todos aqueles aparatos.

O bebê da frente era o menor da sala, com 1550 gramas. A mãe loira pergunta sobre o canguru. A pediatra informa que está autorizado. A loira exibe um belo sorriso enquanto a técnica de enfermagem bate palminhas.

Chega a vez dele, dá graças que é o último da visita, os outros não prestam mais atenção. A médica e a técnica se aproximam, ele tem a impressão de estar sendo fiscalizado.

"Vamos começar com as boas notícias? Percebeu que ele saiu do tubinho?", a pediatra pergunta sorrindo, apontando o novo aparelho.

Seu filho agora estava com o CPAP, um dispositivo de máscara que joga ar para dentro dos pulmões. Se ele aguentasse bem, em breve retirariam o oxigênio.

"Também perdeu um pouquinho de peso", a pediatra retoma. "Hoje está com 1850 gramas."

"Com quantos quilos ele nasceu?"

Ela checa as anotações.

"Nasceu com 1913 gramas."

Ele fica atordoado. São 2%. Seu filho perdeu mais de 2% de peso em menos de 24 horas.

"Calma, isso é normal. Os prematuros perdem até 15% nos primeiros dias, está tudo dentro do esperado."

"Ele está sendo alimentado?"

"Lógico, papai. Ele tomou leite humano pela sonda."

"Leite humano?"

A pediatra ri.

"Sim, do banco de leite."

Explica que nos primeiros dias, devido ao baixo volume administrado, se utilizava a reserva do banco de leite nos bebês cujas mães não conseguiam ordenhar. Depois, conforme a dose aumentasse, introduziriam o leite de fórmula.

"Seria bom se sua mulher coletasse algum leite para conseguirmos dar o leite cru."

"Ela está na UTI", ele informa, irritado.

"Hum... Compreendo", a pediatra entorta a boca. "Sem problemas. Por enquanto o volume é baixo."

Ele não sabe se está mais incomodado com o volume baixo ou com a impossibilidade do filho mamar o leite da própria mãe. Observa a sonda gástrica amarela e se questiona se aquele tubo, tão antinatural, seria a melhor forma de alimentar seu filho. Não é melhor receber os anticorpos da mãe em vez do leite de uma estranha? Melhor leite humano do que fórmula.

"Ele tá melhorando. Vamos em frente!", ela se despede.

Ele olha para o capacete encaixado no nariz do filho e o compara com o bebê ao lado, intubado.

Deixa a sala preparado para repassar as notícias para a esposa.

apojadura *s.f.*

1. Ato ou efeito de apojar(-se), encher-se ao máximo de algo; *sinonímia*: fartura. Atulhar-se. Abarrotar-se.

2. Afluxo volumoso de leite às tetas das fêmeas mamíferas que deram cria, após alguns dias do parto, promovendo mamas inchadas, pesadas e quentes, se preparando para as sugadas do lactente.

3. Aquilo que a mamífera humana acha que vai acontecer com facilidade em suas tetas logo depois do parto. Nem sempre.

4. O que não ocorre em tetas paradas, não estimuladas.

| OBSERVAÇÃO |

Ele regressa à UTI adulto.

O plantonista é um rapaz sério, de cabelos cacheados, que o recebe e, meio sem jeito, comunica a alta da esposa.

"Ela acordou agora, mas ainda está sob efeito da ocitocina, pode estar agitada", o médico informa.

Ele sabe muito bem que a sua inquietação não é efeito de medicação nenhuma.

"Ela vai sair da UTI assim?"

"Foi pedido da obstetra."

"Mas como está a hemorragia?"

"Ela está sangrando um pouco, precisa observar."

Ele não gosta da resposta.

"Senhor, sua esposa é muito teimosa", o médico justifica. "Tememos que ela fique mais agitada aqui e como ela é médica..."

"Agora ela é sua paciente, doutor", ele interrompe.

"Sabemos, senhor, sabemos", o médico ajeita os óculos. "Mas Isadora é uma paciente diferenciada. Ainda mais sendo cirurgiã, tem noção do que acontece. Ela mesma quem pediu a alta. Além disso, ela está estável. Acredito que tenha condições de ir para a enfermaria e nós a observaremos de perto."

No rosto, ele faz questão de não esconder o desagrado.

"Se ela ficar muito apreensiva, a pressão arterial irá aumentar, o que só piora o sangramento. Além do mais, enquanto ela estiver aqui, não vai poder ver o bebê."

O médico tocou no ponto fraco.

"Tudo bem", ele concorda. Ele sabe que você não vai sossegar enquanto não ver o filho.

"Quando ela vai ter alta?"

"De tarde. Assim que liberarem um leito a gente avisa."

| EINSTEIN |

"O tempo é relativo."

Você concorda.

Já atestou na prática. Sabe que alguns segundos podem ter peso de horas. Ou de uma vida inteira.

Você só não sabe se Einstein, quando definiu o conceito de curvatura do espaço-tempo, teve dimensão da relatividade aplicada à própria vida.

Einstein morreu de aneurisma.

Anos antes, foi operado pelo então ilustre cirurgião torácico Dr. Rudolph Nissen, o mesmo que elaborou uma das famosas técnicas de refluxo gastroesofágico.

Suspeitaram, a princípio, de inflamação na vesícula.

Abriram a barriga e viram um enorme aneurisma de aorta. Sem prover de outros tratamentos na época, Nissen utilizou a antiquíssima milenar técnica "do que deu" e então envelopou o aneurisma do ilustre físico com celofane.

Einstein recusou uma nova cirurgia. Viveu por mais cinco anos.

Morreu sangrando, com dores no abdômen.

O patologista Thomas Harvey verificou na autópsia o rompimento. Depois roubou seu cérebro para estudo científico.

Einstein deixara ordens explícitas para ser cremado. Não queria que seus restos mortais fossem visitados. Entretanto, até hoje seu cérebro em conserva está exposto no Museu Nacional de Saúde e Medicina do Exército dos Estados Unidos.

O tempo só é relativo para quem está vivo.

|GINECOLOGIA|

Teve a vez em que você foi convidada a ajudar uma preceptora da disciplina de ginecologia.

Seria um ambulatório extra, não pagariam nada pelo serviço. Não valeria nota, contaria apenas no currículo das experiências de vida.

Os atendimentos seriam num município do interior do estado, num desses fins de mundo onde Judas perdeu as meias e médicos de salto alto não pisam.

Você viajou por duas horas de carona com a professora. Saíram antes mesmo do sol despontar. Chegaram lá no postinho bem cedo, a fila de mulheres já formada, ultrapassando a esquina.

Ao atravessar a calçada você ouviu os cochichos, você era a nova "menina da ginecologia".

Iniciaram os atendimentos.

A professora na mesa do consultório, você na cadeira, em frente à maca. Na bandeja ao lado, os diversos espéculos e cotonetes.

Você nunca estivera tão perto de uma vagina.

Entrou na sala a primeira paciente, uma mulher muito bonita, bem novinha.

A professora perguntou nome e a idade.

"Mariana, treze anos."

Você mudou de ideia. Agora ela parecia bem mais velha.

Ela abduziu as coxas meio sem jeito, posicionou os joelhos nas perneiras, sentindo um pouco de dor. Sob o comando da professora, abriu mais as pernas, sem reclamar.

Você passou o espéculo vaginal bem devagar, girou os 180 graus, abriu as abas e viu pela primeira vez na vida leite coalhado orgânico.

A professora deu uma breve espiadela no corrimento, preencheu a receita e arrancou rasante a folha do bloco.

"Obrigado", a moça agradeceu, sorridente.

Faltavam agora apenas cinquenta e nove pacientes.

Neste dia, você viu leite coalhado, coco, manteiga, cupuaçu, abacate, pêssego em conserva, atum, molho pesto, geleia de uva-passa, todos os tipos de patês de frutas e mantimentos em lata saindo na forma de corrimentos por entre as partes daquelas mulheres.

Algumas interrompiam a consulta pedindo receitas para os parceiros e maridos, outras solicitavam métodos contraceptivos.

Você se perguntou como era possível alguém enfiar qualquer coisa dentro daquelas vaginas doloridas.

Naquele dia, você soube: não levava jeito pra ginecologia.

| COÁGULOS |

"Vai com calma."

calma

O marido pede calma enquanto você tenta a todo custo levantar da cama dura da enfermaria para ir ao banheiro.

Tudo exige calma. Você está sangrando, calma, abre as pernas, calma, vou pegar outra veia, calma, vamos buscar a cadeira de rodas, vai fazer uma cesárea de emergência, tenha calma.

Tanta calma te irrita.

Você sustenta o peso do corpo nos cotovelos enquanto ele te apoia pelas costas com delicadeza. A passividade e os movimentos lentos dele te chateiam. Como pode um homem ser tão inerte daquele jeito com o filho na UTI?

dá um gole desse chá que você toma, Lerdônidas

"Vou ver meu filho, Leônidas."
"Você não está bem, Dora."
"Eu tô ótima."
"A médica disse..."
"E eu sou o quê, por acaso? Médica de esquina?"
"Você que sabe", ele se afasta.

Você senta na beirada da cama enquanto ele se agacha para pegar seus chinelos.

São poucos metros até o banheiro, mas parecem longos. Você anda como uma pata, comprimindo a incisão da cesárea, o que melhora a dor. Seus órgãos desabam por dentro, você perdeu seu centro de gravidade.

A fralda geriátrica do tamanho rinoceronte está cheia e escorrega pelo quadril, mostrando seu rego. Você se sente imunda, as genitálias constantemente molhadas te causam asco.

Entram no banheiro. O reflexo no largo espelho mostra uma mulher seca de pele morena com o avental branco de estampas desbotadas entreaberto. Ombros descobertos, tetas soltas, bicos que insistem em aparecer sob o tecido largado, cabelos desgrenhados e olheiras fundas.

Deplorável.

Vira de costas para o espelho. Você despreza aquela mulher. Permanece de pé em frente ao sanitário, faz menção de retirar a fralda, o marido está postado ao seu lado, com o olhar de gato morto.

"Espera lá fora, Leônidas."

"Não, a enfermeira disse pra te acompanhar."

"Pode deixar, eu me viro sozinha."

"Mas a..."

"Sai!"

Ele bufa.

"Você que sabe", ele obedece, batendo a porta.

Você abre os lacres da fralda, o fundo carregado de grossos coágulos. Fecha o pacote e leva até o lixo, gotas de sangue respingam no chão.

"Tô aqui fora", ele avisa.

Você senta no sanitário agarrando o corrimão ao lado. Fica admirando os botões coloridos e o cordão de bola vermelha da parede que aciona a enfermagem de urgência.

Faz força para urinar, o jato demora a vir, até que, enfim, sai uma corrente quente e fraca. Sente bolotas de sangue escorrerem da vagina, ouve o mergulho delas caindo na água do vaso.

Um solitário estojo cinza plástico com um minifrasco de xampu e sabonete, digno de motéis baratos, orna a bancada de granito. Você não trouxe a mala da maternidade, nenhuma bagagem foi preparada, mas tinha no carro sua maleta de plantão, o marido bem que poderia buscar.

Volta a se concentrar na urina. Com mais força, o fluxo retorna, a dor alivia, junto, porém, vazam mais coágulos. O líquido do sanitário agora está completamente vermelho.

"Dora?", ele chama da porta.

"Tá tudo bem", você responde rápido, pegando a ducha higiênica. Aciona o jato d'água ao máximo, fazendo bastante ruído para abafar os sons do seu constrangimento.

A ducha forte resfria sua genitália. Mais relaxada, você se lava, esfregando todas as dobras de pele, a sensação de retirar o líquido viscoso de si mesma é prazerosa.

A toalha está pendurada longe, você é obrigada a se esticar, levanta meio agachada, se estira e alcança. Enxuga tudo muito bem, até, enfim, sentir suas partes íntimas secas. Observa o tecido branco manchado de vermelho.

não para, desgraça!

Embola a toalha suja numa trouxa e joga no chão.

"Preciso das minhas coisas no carro", você comunica, abrindo a porta do banheiro. "Coisas de banho. E absorvente."

"E aqui não tem?"

"Deve ter, mas são uma merda."

"Tudo bem", ele concorda.

"Pode comprar também uma escova de dentes?", você pede, exibindo um sorriso forçado.

"Ok, eu já volto", diz, dando um beijo na sua testa.

Você fica sozinha no quarto.

Se esparrama na cama e relaxa.

|SONO|

Você dormia no escuro e de repente foi acordada pelo feixe de luz da abertura de uma porta. Levantou ainda com olhos finos e a cara amassada e foi atirada na iluminada sala de emergência ao redor de macas enferrujadas, paredes respingadas de vermelho.

Chegam hematomas, ossos espiculados, cuspe, mijo, sangue. Do mundo dos sonhos diretamente para peles socadas, músculos esmagados, violência retroalimentada.

Você via vidas quebradas.

Prestava o primeiro atendimento ao trauma, o ATLS. Os três apitos como música de fundo, a trilha sonora a vibrar nos tímpanos, você louca à procura do que havia de errado. Não era nada. Era só o cabo desconectado.

Voltava a se deitar, pois tinha algum tempo para repousar até o próximo turno, mas não conseguia. Passos no corredor. Batidas secas na porta. Rodas de macas enferrujadas cascalhando no piso.

Às vezes, ficar acordada era um alívio.

| L |

Você dormia deitada de lado na cama queen enquanto ele tocava sua barriga, tentando sentir, sem sucesso, algum movimento fetal.

Você explicou para ele que o bebê ainda era do tamanho de um feijão.

Discutiram a respeito do nome. Decidiram que teria a inicial L, para combinar com o do pai, Leônidas.

Você ficou na dúvida entre o nome do seu querido avô, Lucas, ou Leonardo, que achava forte. Ambos achavam os dois nomes bonitos.

"Lucas, do fantástico Mundo da Lua", você disse.

"Leonardo, das Tartarugas Ninja!", ele revidou.

"Claro que não, seu tosco, a gente vai dizer que é o pintor."

Riram.

Combinaram de só decidir quando vissem a cara da criança.

Esqueceram que todo mundo nasce com cara de joelho.

| EM BRANCO |

Você encosta o dorso no travesseiro alto, repousa a cabeça para trás e fecha os olhos. Apesar do cansaço, não consegue relaxar. A superfície da sua pele está quente, a adrenalina percorre suas veias, seu sistema simpático está bem antipático naquele momento.

Abre os olhos, à frente avista o quadro de identificação do leito, seu nome escrito com uma caligrafia redonda de alguém que, com certeza, não era médico:

> Isadora Lemes Cristo, 33 anos
> 1º PO de cesárea

trinta e três

Você sobreviveu.
Foi por pouco.
Abaixo do seu nome uma segunda linha se exibe.

RN: _____

Um campo em branco. Um recém-nascido sem nome.
Seu filho não existia.

vivo

Será que estaria vivo?

Você se dá conta de que depois da cesárea não tinha visto seu filho. Ninguém havia comentado mais nada sobre o menino, nem mesmo o seu marido. Olhou o bebê apenas de relance no saco plástico. Depois disso, apenas imagens turvas na sua memória, uma conversa com a obstetra na

UTI e a constante face inchada de Leônidas, sendo que ele nunca havia derramado uma lágrima sequer diante de você.

Por que ele não trouxe notícias? Por que não havia escolhido ainda o nome se ele tinha autonomia como pai?

Não, ele não escolheu nome. Não fez o registro, não pode ser. Alguma coisa estava errada.

A lousa vazia.

morto

É isso. Seu filho está morto.
Estavam mentindo.

calma

Você ouviu o choro na sala de parto. Viu o plástico, sim, era o seu bebê naquele saco transparente, falaram para você:

"Vai ver ele em breve."

Mas então por que Leônidas andava tão murcho, com aquela cara de cachorro espantado o tempo todo?

Sente o tórax comprimindo.

respira...

Você precisa ver seu filho. Precisa atestar, sim, eles mentiam, tem certeza agora, é óbvio que eles escondiam. Como pode? Ele não está vivo, é isso.

Levanta da cama decidida. Vai falar com a chefia. Com algumas ligações e alguns contatos você conseguiria. Você utilizaria sua influência, a força, o que fosse preciso para descobrir a verdade.

Desce veloz da cama, apoia os pés descalços, dá um passo segurando a barriga. Uma súbita tontura, o quarto gira. Você procura apoio, dá mais um passo, a ponta do pé pisa em algo molhado, você escorrega e cai.

O baque da queda estala na barriga, você sente uma espada sendo cravada por dentro da pelve, seu corpo amolece e desliza até o chão.

O horizonte se move em semicírculos. Próxima ao leito, você tenta se pôr de lado, a linha do chão continua a balancear. Você busca a campainha de alarme em cima da cama, estica o braço, mas não alcança. O bastão oscila.

"Dora!", você ouve uma voz esganiçada chamar.

Mãos te levantam e o mundo escurece.

| ÁRVORE CIRÚRGICA |

O rumo de uma cirurgia se completa na cadência e na sequência de microdecisões tomadas. É no que você acredita.

Como na vida, não sabemos onde vamos parar durante uma travessia. Muito menos enquanto se executa cada um dos movimentos.

Alguns chamam de acaso, outros de sorte. Ou azar.

Há os que estudam e desejam dominar toda a matemática das probabilidades.

Já você prefere ver os atos como ramos de uma grande árvore. Cada decisão tomada é uma ação que implica uma reação e, portanto, uma consequência, de onde, a partir do novo ponto, novas opções se abrem em leque e se confrontam. Então, você se vê obrigado a escolher um novo traço, um novo caminho, e vai seguindo o novo ramo do galho que leva a novas decisões e assim por diante. Esse conjunto monta a "árvore do destino".

Para você, cirurgia era uma espécie de alquimia. Você estudou Anatomia para saber onde se localizavam as estruturas, Fisiologia para entender o funcionamento normal dos órgãos e sistemas, Patologia quando a coisa desanda e vira doença. Tudo era uma grande aventura de transformação. Arquitetar e poder executar com suas mãos as decisões, as pequenas escolhas, os movimentos de determinação, era mágica. Corta aqui, costura acolá, tampona, ajeita. Conserta. Busca o melhor caminho.

Fato é que não se domina o destino.

Viver não é e nunca será previsível.

Um dia, em um corte, vem a verdade: você caminha de costas e bate com o cocuruto no muro da realidade.

|CONTATOS IMEDIATOS|

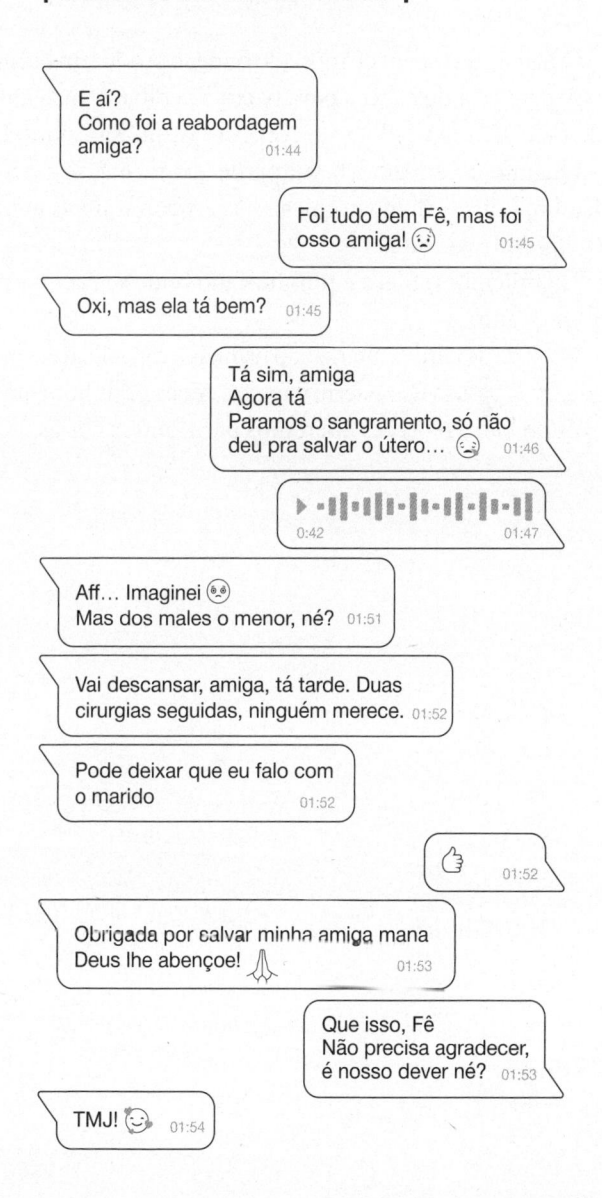

> E aí?
> Como foi a reabordagem amiga? 01:44

> Foi tudo bem Fê, mas foi osso amiga! 😔 01:45

> Oxi, mas ela tá bem? 01:45

> Tá sim, amiga
> Agora tá
> Paramos o sangramento, só não deu pra salvar o útero... 😔 01:46

> ▶ ▪║▪║▪║▪║▪║▪║ 0:42 — 01:47

> Aff... Imaginei 😳
> Mas dos males o menor, né? 01:51

> Vai descansar, amiga, tá tarde. Duas cirurgias seguidas, ninguém merece. 01:52

> Pode deixar que eu falo com o marido 01:52

> 👍 01:52

> Obrigada por salvar minha amiga mana
> Deus lhe abençoe! 🙏 01:53

> Que isso, Fê
> Não precisa agradecer, é nosso dever né? 01:53

> TMJ! 😊 01:54

| ÚTERO |

O útero é uma pera de músculo onde se produzem bebês.

A pera está de cabeça para baixo. O colo é a parte por onde sai o galho. A bolota é o corpo. O istmo, sua cintura.

Quando a pera entorta ou perde sua forma, se caracteriza uma distorção anatômica. A mais comum é o útero para trás, retrovertido.

Há milênios o útero é um músculo onde se produzem seres humanos.

Quando se perde o útero, não há mais a capacidade de reproduzir. A pessoa fica estéril, não pode mais parir humanos.

Tudo bem. Às vezes queremos parir outras coisas.

|DÚVIDA|

Ao lado de Fernanda, após receber as notícias sobre a sua segunda cirurgia, ele observa desolado o rosto do filho intubado dentro da incubadora.

Não consegue nem pensar a respeito do nome.

histeria *s.f.* ⊙ ETIM grego *hystéra* – "útero" + ia

1. HIST MED Doença nervosa que supostamente tratava-se de desordem no útero, causando convulsões e um estado de excessiva emotividade, terror e pânico.

2. Diagnóstico que um homem inventou como sinônimo de chilique de mulher com índole caprichosa.

3. Doença que ciência e tempo se encarregaram de provar que não existe, sendo excluída do rol de doenças da OMS e do CID em 1993.

4. Diz-se do indivíduo em comportamento nervoso e exaltado excessivo, atualmente distribuído entre contemporâneos já sem tanta discriminação de gênero ou sexo.

|VISITA|

As sombras e os ecos do corredor entrecortam a luz por debaixo da porta.

De repente, a claridade invade o quarto da enfermaria, as lâmpadas da sua cama são acesas.

Seus olhos ardem, você pisca, tentando se acomodar à luz. Os sons ocos de um salto alto chegam junto com um perfume adocicado.

Um toque no seu antebraço te obriga a focar a imagem. Você encontra os olhos delineados em preto da obstetra, a face rodeada por um fofo cachecol branco.

"Boa noite, Isa", ela cumprimenta, com gentileza.

noite?

O tempo dentro da maternidade é um limbo. Você tinha acabado de ser transferida da UTI adulto pela segunda vez e tentava dormir, um dia inteiro se passou. Antes que pudesse perguntar as horas, surge na entrada do quarto um menino.

"Mãe?", ele pergunta com uma vozinha fina.

"Me espera lá fora, amor", ela ordena.

Tarde demais. O menino já agarra a coxa esquerda da obstetra, como um tronco de árvore.

Você se surpreende com a presença de um míni ser humano ali.

"Desculpa, Isa, esse é o Lucas. Dá oi, filho."

"Oi", ele resmunga.

"Oi", você responde, engasgada.

Os pequenos olhos redondos te fitam, curiosos, a franja lisa cai sob meia testa.

"Sabe como é, domingo. Ele queria vir comigo de qualquer jeito, né, querido?", ela acaricia a cabeça do filho.

domingo

Terceiro dia. Três dias se passaram desde a sua chegada, na madrugada de quinta para sexta-feira.

Você contempla aquela mulher bem arrumada e sorridente em pleno domingo à noite, passando visita. O menino continua a espiar.

"Você vai ser médico?", você faz a pergunta clássica de quem puxa conversa com criança.

"Sim!", responde, empolgado.

coitado

"Filho, aguarda lá fora com as meninas, vai", a obstetra ordena, mais firme, empurrando de leve as costas dele até a porta. Cabisbaixo, ele obedece.

"E aí, como você tá, Isa?"

uma merda

"Bem, na medida do possível."

"Posso te examinar?"

"Claro!"

Ela levanta o avental e esfrega as mãos para aquecê-las. Puxa o curativo da incisão de Pfannenstiel devagar e espreme um pouco a ferida. Você estremece.

"Dói muito?"

"Um pouco."

"E o sangramento?"

Não faz ideia. Você permaneceu o dia todo deitada no leito da UTI e tinha acabado de chegar no quarto.

"Não sei, tô de fralda e sonda ainda."

Ambas verificam a sonda vesical, a urina está clara.

"Deixa eu ver?", ela pergunta apontando seu púbis.

"Claro."

Ela calça as luvas retiradas do bolso do jaleco. Você flexiona e abre as pernas, ela faz o toque vaginal com delicadeza, logo remove o dedo. Sem sangramento.

"Parou", retira as luvas sorrindo. "Vou pedir para tirar a sonda."

"Já posso sair da cama?"

"Deve."

"Graças!"

"Posso ver as mamas?"

Você estranha o pedido. Havia se esquecido completamente da existência da parte superior do seu corpo. Afinal, tudo o que importava nos últimos dias parecia estar abaixo do umbigo.

Ela abre o avental, apalpa seus seios e depois os espreme em concha, da polpa da mama até estirar o bico.

"Ainda não desceu o leite...", fala para si mesma.

Você fecha o avental e se ajeita.

"Isa, precisamos conversar."

Chegou a hora do discurso.

"Imagino que você já tenha alguma noção do que aconteceu..."

idiota

"Sim."

Você era uma completa idiota. Estava sangrando, se recusou a ficar na UTI e, pra completar o pacote, fez força no pós-operatório precoce.

"Tava muito ruim?"

"Bastante", ela suspira. "Tentamos de tudo, mas tinha atonia uterina. Além disso, havia uma pequena ruptura lateral no corpo, próxima do istmo, que pegou a artéria uterina. Você compreende, né?"

"Histerectomia", você verbaliza, poupando-a de dar a resposta.

Um útero amolecido, rompido e sangrando de sua principal artéria nutridora.

Decisões cirúrgicas, sempre complicadas.

"Você fez o que precisava."

Ela suspira.

"Com a segunda cirurgia e sem estímulo eu já esperava que fosse difícil descer seu leite. Suas mamas até que estão túrgidas, mas o leite não deu sinal. E seu filho vai precisar muito nos próximos dias."

filho

Você lembra que tem um filho.

"Estou pensando em entrar com antidepressivo", ela fala manso, pegando na sua mão.

Você olha, surpresa.

"Não me leve a mal, Isadora, acho que você está um pouco deprimida."

Você não concorda. Não está um pouco mal, você está completamente ferida. Você é uma queimadura viva.

"Além disso, talvez ajude a descer o leite."

"Tudo bem."

"Ótimo. Já vou pedir para darem a primeira dose", ela sorri. "Agora vamos às boas notícias?", fala animada. "O pequeno está ótimo. Se você conseguir caminhar tranquila e estiver se sentindo bem sem a sonda, eu libero para você ver seu filho amanhã de manhã!"

filho

Seu filho está vivo.

Finalmente você veria seu filho.

"Obrigada", você agradece, apertando a mão dela.

Ela sorri.

"Te vejo amanhã, tudo bem? Quer que eu apague a luz?"

"Não, não precisa."

Você se acomoda na cama. Ao lado, o sofá-cama com lençóis revirados. Se pergunta por onde anda o seu marido.

Quantas ausências, quantos esquecimentos. Quantas coisas você ainda haveria de esquecer na sua nova vida?

A enfermeira traz um copo d'água e o comprimido, que você engole de uma vez.

"Pode apagar a luz quando sair?", você pede.

Você retorna à escuridão.

|CHÃO|

O chão é onde se pisa.

Se não tem chão, não tem passo. Não tem rastro. Não tem caminhada.

O chão é onde o pé se apoia, de onde se parte para andar a trajetória.

O pé é o eixo onde o corpo se apoia e se sustenta.

É o que aguenta. O que equilibra.

Existem vários tipos de pé.

Pé congênito, o pé que nasce torto e que assim fica.

Pé varo, pé valgo, pé equino, pé calcâneo.

Liso ou torto, o chão é só um.

Todo mundo nasce sem pisar no chão, com os pés pra cima. Só depois é que a gente aprende a andar e se equilibra.

O pé e o chão. A gravidade e o impulso. O conjunto que anda.

Seja rumo ao rio, ao mar, pelo ar, ao espaço. Seja descalço ou de sapato. De frente ou de costas.

Qualquer travessia se estrutura do chão. O chão é a impulsão. O chão comporta a terra, o mar, o fundo do poço, a estação, é onde em breve você estará de volta.

Todo chão é uma porta.

| APARTAMENTO |

"Duzentos e setenta reais", o rapaz do balcão no estacionamento da maternidade informa o valor, digitando na maquininha.

Ele passa no crédito, sem questionar.

O trânsito corre livre para um início de segunda-feira.

Num dia normal ele já estaria vestido com a camisa social degustando o café da manhã com a devida parcimônia.

Hoje não, o trajeto estava invertido. Seu mundo ao contrário, ele retorna ao apartamento com a mala da esposa, carregada de susto e cansaço.

As mãos dele tremem incessantes ao volante. Se dá conta que não tomou o propranolol nos últimos dias, precisa passar na farmácia. Não vai dar tempo, fica para depois.

Precisa ser rápido, quer tomar café da manhã com você e estar pronto a tempo de acompanhar o relatório médico do filho. Além disso, ainda precisa bloquear a agenda do cliente, repassar as pendências para o Arnaldo, não, não pode esquecer o computador.

Lista mental:

☐ Roupa limpa
☐ Computador
☐ Farmácia (não pode esquecer de passar na farmácia)

Na porta do apartamento, apalpa os bolsos e revira o casaco em busca das chaves, nenhum barulho. Se agacha, coloca a mala no chão, disposto a procurar. Está ferrado se tiver que voltar à maternidade por causa de uma bobeira dessas.

O elevador se fecha, o corredor fica um breu.

Ergue os braços, as luminárias automáticas fazem questão de ignorar seus movimentos.

"Bem que te disse para falar com o zelador", a voz da esposa ralha no ouvido dele.

Paciência.

Acende a lanterna do celular, abre o zíper e levanta a aba da mala, a coisa mais organizada que viu nos últimos dias, existem divisórias imaginárias. Dois livros pesados ao fundo, uma toalha e uma colcha dobradas pela metade, roupas num exato quadrante oposto, a frasqueira encaixada no último canto. As chaves reluzem no compartimento interno.

Encaixa a chave na fechadura, ouve os miados desesperados de Compressa, afiando as garras na porta. A luz do corredor se acende. Ele gira a chave, em vão, a porta está destrancada.

O vulto branco rasteia por entre as canelas, ele corre atrás do gato pelas escadas enquanto uma lufada de ar frio bate com força a porta.

Alcança Compressa ainda na metade do andar de baixo, agarra o bichano no colo e recolhe a mala.

Empurra a porta, que bate novamente depois dele entrar, alguma janela deve estar aberta. O cheiro forte de urina amoníaca entorpece as narinas, ele larga Compressa na cozinha, o gato indignado fica rondando os calcanhares e a vasilha seca de ração.

Arrasta a mala até o sofá da sala, quer ver se aproveita algum item.

☐ Pegar roupas limpas
☐ Separar calcinhas
☐ Pegar shorts (para a esposa não ficar andando com a bunda de fora)
☐ Passar na farmácia
☐ Computador

Retorna à área de serviço, o cheiro é insuportável.

Joga fora os dejetos de gato acumulados de três dias. Mal finaliza, Compressa já se achega e reestreia a caixa, agradecido.

Busca então um copo d'água, vê a pia entulhada de louça.

"Deixa tudo pela metade...", ele não sabe dizer se é você ou dona Glória murmurando.

Pega o último copo limpo, um brinde de cinema, e abre a geladeira, entornando o último filete de água da jarra.

☐ Água
☐ Mercado
☐ Farmácia
☐ Computador

Queria pedir água, mas não entregam tão cedo. Ele mora na maior cidade do país, a cidade que supostamente não dorme. Mentira. As conveniências daquele bairro são inúteis, não sabem das reais necessidades de pais de filhos prematuros e maridos de esposas internadas, que precisam de um galão de água às 5 horas da manhã.

Atira o copo na pia, mais tarde cuidaria disso, a prioridade são as roupas.

No quarto de casal, as colchas ainda estão reviradas, o pijama azul divorciado, a blusa na cama, a calça no chão.

"Arruma logo a cama quando levanta, menino!"

Ele bufa.

Reúne as peças, estica os lençóis.

☐ Computador
☐ Farmácia
☐ Ligar para a faxineira (não, ele não tem o número)
☐ Farmácia

- ☐ Dar baixa na agenda pro Arnaldo
- ☐ Mercado
- ☐ Check-in no hotel
- ☐ Relatório médico das 10 horas
- ☐ Visita
- ☐ Computador (não pode esquecer o computador)

Fecha o guarda-roupa e, ao procurar o cesto de roupa suja no banheiro, passa pelo segundo quarto e vê o berço desmontado.

"Deixa tudo pra depois..."

O despertador do celular toca: 5 horas e 50 minutos.

Ele se agacha no corredor. A água dos olhos cai livremente, chorar já não é mais uma atividade tão estranha.

Compressa se aproxima e esfrega o focinho molhado no joelho esquerdo, sequelado.

Ele acaricia o gato e enxuga o rosto com o pijama.

| SISTEMA LACRIMAL |

As lágrimas são o líquido alcalino produzido pelas Glândulas de Meibômio, localizadas na pálpebra superior.

Existem três tipos de lágrimas: as basais, que hidratam e lubrificam continuamente nossos olhos, as reflexas, aquelas que surgem no bocejo ou na ardência, como as de cortar cebola, por exemplo, e as lágrimas emocionais.

Nem todos os animais choram. A gaivota chora sem sentir nada, apenas para eliminar sal. O cachorro e o gato não produzem lágrimas, apesar de experimentarem emoções de tristeza e alegria. A foca, a lontra, o macaco e o golfinho choram com lágrimas quando perdem os filhotes.

O ser humano é o único animal que consegue chorar para expressar suas emoções. Ou por atuação e falsidade.

O choro emocional autêntico libera ocitocina, hormônio que tem efeito ansiolítico e nos acalma.

Também existem diferenças na concentração dos componentes das lágrimas de tristeza e alegria. As de tristeza são mais salgadas.

Mas isso você já sabia.

| CELULAR |

O celular treme no balcão, a luz da tela ilumina o quarto.

> Amiga, como tá aí? 06:05

O aparelho brilhando com uma mensagem do mundo exterior após quatro dias é um abalo sísmico. O contato de alguém da sua vida terráquea prévia, tão diferente agora.

Você esqueceu do mundo fora da maternidade. Seu pequeno círculo de familiares e amigos eram coerentes, seguiam suas rotinas. O infortúnio é uma das piores doenças contagiosas.

Você permanece estática, olhando a tela e pensando no que responder para alguém que lhe envia uma mensagem às 6 horas da manhã.

"Tá tudo uma merda", é o que tem vontade de escrever.

> Soube do que aconteceu, mana.
> Manda notícias! 😊 06:08

Seu desejo é responder:

Amiga, aconteceu que eu poderia ter ido dessa pros cafundó de uma vez. Escapei por pouco, perdi meu útero, não sei onde tá meu marido, vou ser mãe de um único filho pro resto da vida, o filho que está neste exato momento agonizando numa incubadora de UTI. Não que minha morte seja lá de grande importância, se eu tivesse mesmo ido seria até romântico o noticiário do dia, eles iam adorar, imagina a chamada trágica do jornal: "Morre médica-cirurgiã, deixa marido e filho". A verdade mesmo é que eu morri, Fernanda.

Posso não ter morrido de corpo, não me mataram a carne inteira, mas me comeram um naco, uma coisa por dentro. Uns bocados de mim morreram, foram simbora pra sempre. Ficou uma parte morta no balde de prata em que jogaram minha placenta, a placenta que eu não comi, vai ver que é por isso que não tô com tanta sorte. O outro pedaço, esse também foi pro balde onde jogaram o meu útero amolecido, se bem que esse não deve ter ido no balde, foi num saco plástico da sala de cirurgia direto para o anátomo. O patologista, aquele velho açougueiro sedento por lâminas, deve ter chorado de alegria e se satisfeito com um útero jovem, roxo e mole, imagine, sem nenhum caroço, deve ter fatiado com gosto a peça fresca que nem um sashimi, picotando em múltiplos pedaços minha fertilidade só para liberar depois um laudo mágico de isquemia.

A outra parte, amiga, a melhor parte, eu diria, a que estava viva dentro de mim, foi arrancada às pressas e tá lá naquela UTI, *e eu ainda nem sequer vi, nem sei se vai permanecer viva por muito tempo. Essa é a única parte que presta, amiga, a parte corajosa, a que luta. Ainda é a parte que vive.*

> Força amiga 06:10

força

Não, você não quer força. Universo, não dê forças a uma louca.

Você desbloqueia o celular e ameaça digitar uma resposta. Imediatamente o telefone toca nas suas mãos.

Por segundos, persiste olhando a tela que vibra, decidindo qual bola você aperta: a verde ou a vermelha.

"Isa?", a voz aguda da amiga soa.

Você permanece muda. Não consegue transformar dor em frase. Ela ouve sua respiração.

"E aí, mana, como estás?"

Você resmunga.

"Eu sei, eu sei... Pode falar, é uma merda mesmo."

Ela escuta seu choro e permanece na linha. Você chora sem remorsos, a água escorre livre, soluços francos. Um choro honesto.

Minutos passam até os soluços diminuírem.

"Olha", ela fala doce, "Eu sei que cê não vai acreditar no que eu disser agora, parece que tudo vai desabar, mas olha, confia, mana, vai melhorar. Eles são mais fortes do que a gente pensa."

eu não sou

"Ele é forte, Fê. Eu é que não sou."

"Para com isso, tá louca? Se num te conheço! Só que é difícil mesmo essa situação, Dora. Te acalma. Você tá dormindo?"

Você solta um riso esbaforido.

"Menina, tem que comer, dormir direito. Cê precisa descansar, senão não vai aguentar a jornada, criatura. Muito menos produzir leite."

Tá certo. Você precisa se recuperar, recolher seus cacos.

"Amiga, dorme, come, recupera a energia. É sério. Não esquece de cuidar de você, tá bom?"

"Tá bom, amiga."

obrigada

Você desliga. Olha o sofá-cama ao lado, vazio.

"Chagas abertas, coração ferido,
   O sangue de nosso senhor Jesus Cristo
            entre nós e o perigo"

Deitada em posição fetal, você abraça o travesseiro entre as pernas. O corpo amolece. Finalmente, você consegue dormir.

| NOITE FELIZ |

As duas dormiam profundamente.

Você despertou sem ninguém chamar. Estava na hora.

O calor do quarto abafado nunca te desanimou. Você sempre foi uma garota determinada.

Sentou devagar na cama para não estalar as madeiras frouxas do gradil. Na cama mais alta, ao lado, um fiapo de baba fedida saía da boca da sua irmã mais velha.

Olhou para a rede dependurada acima dos seus pés, a bunda de dona Fátima quase encostando na beirada da sua cama. A mãe suada, engruvinhada até o pescoço, apesar de todo o calor do quartinho.

Você se aproximou do rosto dela e a observou atentamente. Ela emitia os ronquinhos esporádicos indicando sono profundo. Tinha sorte que as duas tinham sono de pedra. Poderia prosseguir com a missão.

A mãe obstruía a passagem até a televisão. Você precisava atravessar a curvatura entre a rede e a cama da babenta sem encostar nelas. Com movimentos dignos de contorcionista, você passou devagar por debaixo da rede, mas acabou pisando no rabo do Pivete, que miou. Gato maldito!

A mãe se revirou, tremeu as pernas e se reacomodou. A irmã nem se moveu. Você permaneceu como uma estátua ao lado da rede.

Os roncos de dona Fátima retornaram, para seu alívio. Se a mãe acordasse, estaria tudo acabado, seriam no mínimo duas chineladas, podendo rolar até um cinto, e você não estava a fim de apanhar na madrugada de domingo.

Esperou alguns roncos adicionais só pra garantir. Pegou um canto do lençol da mãe e recobriu delicadamente os olhos da mãe, que não se mexeu.

Terminou de contornar a rede. Subiu no banquinho estrategicamente guardado e ligou a televisão. Nem se preocupou, já havia zerado o volume antes, seria muita burrice sua deixar o som ligado, você não era uma criança estúpida.

Lá estava a bela médica de jaleco branco. Um paciente grave acabava de chegar na sala de emergência.

Desceu do banco devagar e retornou à sua cama num pulo. Dobrou o travesseiro para ficar com a cabeça mais alta e de vez em quando beliscava a própria bochecha para não cair no sono sem desligar a TV.

Assistiu o episódio inteiro! Quando a luz da vinheta final piscou, não deixou de ficar um tiquinho triste. Será que repetiriam o capítulo na próxima semana? Estava cansada de não saber o final das séries. Odiava não ter TV paga, como as amigas.

Refez o contorcionismo e desligou a televisão. Voltou à cama e se acomodou de lado, abraçando o travesseiro, imaginando o dia em que se vestiria de branco e salvaria uma vida.

| GLÓRIA |

Um dia, ele achou que poderia voar.

Da varanda no andar de cima dava pra ver o mar plácido da Praia do Sambaqui permeado pelas ilhas de pedras polidas ao pôr do sol.

Entediado de brincar sozinho na terra em frente à casa, olhou para o céu laranja e decidiu que seria uma boa ocasião para ser passarinho.

A avó, entocada na casa, mesmo esclerosada pela idade, tinha os ouvidos apurados. Se ele fosse por dentro, o ranger da velha escada poderia acabar com tudo.

Subiu pelo tronco do pé de sombreiro entortado para a orla. Os ramos grossos que atravessavam as grades do muro partiam em direção à areia da praia e dariam conta de um voo mais rasante.

As folhas crépidas pinicaram sua pele, o vento sul, gélido, estapeava seu rosto. Ele não se importou, seguiu firme, agarrado, até os galhos mais elevados. Já quase no topo, ouviu o berro da mãe.

"Léeeeeeeeeeeooo!"

O sobressalto o fez perder o equilíbrio. O pé esquerdo engatou entre dois ramos, ele cambaleou e encalhou. Ficou dependurado pela perna por poucos segundos, apenas a tempo de ser recolhido pelos braços de Glória, que o esperava em terra firme com o colo de mãe.

Depois disso, não tem juízo certo de nada.

Choro, colo, hospital, maca.

Nítida mesmo, só a imagem da lanceta de osso branco despontada abaixo do joelho esquerdo.

Ele lembra do pano de prato com bordados laranja que Glória mandou morder antes de puxar a perna para reduzir a fratura. A dor do puxão, dessa ele não tem memória, desmaiou antes.

Ele lembra da roupa branca estampada com desenhos de bichinhos que usou no hospital, lembra dos enfermeiros e médicos comentando como ele era um menino de sorte, era filho da Glória.

Já ele não via glória nenhuma naquela situação.

| CAIXAS |

"Posso ir andando", você sugere, já preparada para a visita.

"O corredor é muito longo", o marido alerta.

Vocês têm horário a cumprir, têm relatório médico, mas você não questiona. Ele já deu a ordem para buscar a cadeira de rodas.

O marido continua os parvos e apáticos movimentos, como se nada de importante estivesse acontecendo. Você balança suas pernas saudáveis na beirada da cama enquanto lê no quadro de identificação a bela caligrafia:

> Isadora Lemes Cristo, 33 anos
> 3º PO de cesárea
> 1º PO de histerectomia subtotal

Minutos se passam até uma técnica finalmente trazer a cadeira de rodas encardida. Você desce da cama com a ajuda dos dois e se acomoda. O abdômen já não incomoda tanto. Posiciona os pés no apoio da cadeira, suas meias tufadas ridículas se exibem por debaixo da sapatilha de borracha. Pensa em trocar de sapato, esquece, isso só atrasaria ainda mais a ida para a UTI neonatal.

Você quer ver seu filho.

O marido empurra sem pressa a cadeira para fora. Ao passarem pelo posto de enfermagem você pode sentir no seu pescoço os olhos curiosos atrás do balcão.

É a primeira vez que a doutora deixa o quarto. Após a histerectomia, o seu leito é o mesmo de antes, portanto, se a trupe de funcionários é fixa, já conhecem detalhes do seu caso.

No corredor iluminado, sua visão ainda se acostuma com a claridade. Sobem uma discreta rampa, passam em frente ao elevador e entram num novo corredor, mais amplo, com inúmeras portas até o final. São leitos.

Enquanto avançam, repara nos diversos quadros pendurados nas portas. Um ursinho dorminhoco sentado na lua, outro urso sorridente de um pé só num horizonte invisível, um coelho dentuço atrás de uma janela atapetada, mais ursos pendurados em balões, bonecas de cabeleira trançadas, peixes nadando fora de aquários, cercando nomes.

Miguel

Enzo

Beatriz

Rafael

Toda a floresta encantada, amazônica e neandertal de pelúcias emolduradas.

Portas com um nome.

Cecília

Vicente e Vitor

opa!

Ou dois.

Famílias. Leitos, casas temporárias. Por trás de cada porta, no mínimo um binômio. Uma história.

Uma mãe e um bebê. Ou bebês.

nem todas...

Sua porta sem nome. Sua pelve, uma cavidade vazia.

Você aperta o abdômen, não dói mais ali. A dor agora está entocada em outro lugar, passou para outro plano.

O marido empurra a cadeira devagar. Aos poucos você nota outras mulheres se reunindo pelo caminho, como uma procissão.

"Quanta gente", você comenta.

"Sim", ele concorda.

Algumas andam apressadas, olhar adiante, ultrapassam sua cadeira. Depois de um bom trecho, percebe a fileira de mulheres em frente aos cordões de isolamento da porta branca envidraçada. Entram na fila. Na sua vez, um dos guardas pergunta qual sala.

"Sete. Isadora Cristo", o marido prontamente responde.

O porteiro com o radinho confere numa lista.

"Pode ir. Sabe onde é?"

"Sim, obrigado", o marido segue.

"Senhor, essa cadeira tem que ficar. Tem que buscar outra lá de dentro", o guarda o interrompe.

O marido bufa.

"Tudo bem, eu consigo andar."

"Consegue?"

"Sim", você responde, se levantando. Ele desvia a cadeira para o canto e pega você pelos braços.

"Tirou relógio e anéis?", o porteiro interroga.

Você olha para suas mãos abertas, os dedos longos e finos sem aliança.

meu Deus!

"Tá comigo", o marido avisa.

O guarda permite a passagem, o marido abre a porta. Vocês entram.

Ao final do curto corredor você é tomada pela visão de um majestoso quadro de fotos e avisos. O marido segue até o lavabo à esquerda.

"Precisa lavar as mãos", ele alerta.

"Sério mesmo?", você comenta, sorrindo.

Ele aciona a corrente de água, enxagua e esfrega as mãos.

"Não é que tá até fazendo direitinho?", você zomba.

Um casal se aproxima da torneira livre, você cede espaço à mulher de cara redonda e olheiras que procura onde acionar a água.

"Ali", Leônidas aponta com o cotovelo.

"Ah, obrigada", ela resmunga, de cabeça baixa.

Você acelera sua lavagem, encerra, logo o homem alto que acompanha a mulher ocupa seu espaço.

Seu marido termina de enxaguar as mãos elevadas.

"Agora parece um cirurgião!", você brinca.

"Não encosta em nada", Leônidas alerta, sério.

Avançam. O novo corredor é um comprido túnel envidraçado. Você caminha cautelosa por ele.

A UTI é enorme, compartimentos sem fim. Dentro de cada uma das seções, caixas e caixas de incubadoras. Dezenas.

Dentro das salas, bebês, monitores, enfermeiros circulando, mais incubadoras. Inúmeras incubadoras. A maior concentração de bebês por metro quadrado que você já presenciou.

O portal de um novo submundo íntimo se abre: o universo da prematuridade.

Você se sente miúda.

Quase todas as incubadoras estão ocupadas. Bebês de tudo que é tamanho, cor e tipo. Vitrines de pequenas vidas.

ele tá aqui

Em algum ponto daquela UTI havia um pedaço seu.

Seu menino imerso naquele lugar e você nem saberia identificar. Se apontassem qualquer bebê e dissessem "é este", você aceitaria sem questionar.

Um rosto que você não viu. Você não tem nenhuma imagem, nenhuma memória. É um filho-miragem.

O marido prossegue enquanto você observa o interior do novo horizonte vítreo, absorta. Uma técnica manipula um bebê de bruços. Um pai ao lado de um leito conversa com uma enfermeira. Uma mãe sentada numa cadeira plástica amamenta.

Você repousa o olhar nela e a inveja. A mulher com o filho no colo.

Leônidas aciona a porta de vidro ao final do corredor.

Atravessam outra sala, mais escura, com caixas maiores. Uma volumosa incubadora úmida ocupa quase todo o canto esquerdo do espaço.

Mais uma porta se abre, a última da UTI. O marido entra na sala de luzes mais baixas. Uma luminária azul brilha sobre um dos leitos.

Você desacelera e para na entrada.

Oito incubadoras ocupam a sala. Duas fileiras equidistantes. Quatro caixas de cada lado.

Leônidas está diante da incubadora mais ao fundo, à esquerda.

É o seu filho.

filho

O futuro agora em reticências espessas. Leônidas acena. "Vem."

Você está paralisada.

Ele dá alguns passos à frente, te pega pelas mãos. Devagar, você se aproxima da incubadora.

A última sala. A última porta. A última incubadora. À esquerda de tudo.

Aquela seria a sua caixa.

redoma *s.f.*

1. Espécie de campânula de vidro utilizada para proteger objetos extremamente delicados.

2. FIG Cuidar de si mesmo de maneira exagerada.

3. FIG Afastar-se do convívio.

4. O vidro que o Pequeno Príncipe e a Fera utilizaram para tentar proteger as suas rosas problemáticas.

incubadora *s.f.*

1. Pequena câmara oxigenada, com temperatura e umidade controladas, para abrigar recém-nascidos, especialmente prematuros, que exigem cuidados particulares.

2. Aquilo que protege o bebê prematuro da morte e da inanição.

3. Espécie de redoma quadrada de acrílico.

4. O quadrado que abriga o coração de uma mãe durante certo tempo.

| TETO DE ACRÍLICO |

Na primeira vez que você vê seu filho vivo, ele está separado de você por uma redoma quadrada de acrílico.

As paredes transparentes incubam a fragilidade. Toda aura é de vidro. O minúsculo corpo, de cristal.

De repente a vida era assim: um prisma a rodopiar, se equilibrando na ponta do dedo.

friável

Qualquer descompasso, qualquer rajada de vento poderia derrubar e estilhaçar aquele cristal.

Você aproxima o rosto da redoma, quase grudando a testa no teto da caixa. Foca na imagem do corpúsculo de pele enrugada dentro do ninho de rolinhos de pano. Cercado de fios e tubos, estirado no lençol branco, na posição de um frango assado.

Os bracinhos amolecidos flexionados para os lados, ainda assim amarrados por braceletes, como se ele pudesse se levantar. Como se pudesse sair voando.

O peito côncavo, o osso xifoide no meio do tórax, bem delimitado, como os peitos de galo. Costelas subindo e descendo devagar, obedientes às ordens do aparelho de ventilação. É o ritmo, a dança de contração dos músculos da respiração, se esforçando na tentativa de resgatar ar para dentro do pulmão em colapso.

Um golfo ácido sobe pela sua garganta.

respira fundo...

Você engole.

Enquanto ele respira, você pode ver o pequeno abdômen subindo e descendo em movimentos contrários ao peito, saltando do umbigo o fino cateter, com espessura de uma liga elástica.

Olha para os bracinhos. As diversas ilhotas de hematomas roxos espalhadas na superfície da pele, resquícios de múltiplas agulhadas, púrpuras demarcando o território prévio das lutas. Marcas de punção nos antebraços e nas pernas, profissionais tentando, veias esfiapadas estourando. Pessoas de boa intenção manipulando agulhas, tentando alcançar veias do tamanho de fios de cabelo em braços murchos. Você deveria compreender.

O nariz é bem desenhado, reto, empinado. Um belo nariz, não era adunco como o seu. Seria o nariz perfeito, se pudesse respirar livremente.

A sonda gástrica amarelada sai da narina esquerda, fixada pela fitinha que você apelidava de fita-bigode, transversal, logo abaixo do nariz.

E o menino teria bigode? Cresceria a ponto de ter barba ou um ridículo bigode?

Você não sabia. Se saísse vivo, que tivesse a barba, o bigode que fosse. Você só queria o menino, o aceitaria de qualquer jeito. Primeiro era preciso sobreviver. A vida vinha antes da existência.

Não reclame. Agradeça à sonda. Agradeça ao tubo traqueal da boca até o pulmão, grata às veias, às drogas injetadas, do frasco ao coração, que o faziam bater.

Se viver é isso, respirar com batidas ordenadas, o menino sobrevivia, os poros e as pregas porejando luta. A vida esgarçada, tentando ser traduzida nos números frios dos monitores.

A luz vermelha do oxímetro fixado no pé direito brilha, chamativa. Você admira os dedinhos perfeitos, réplicas exatas das dobras e unhas de um adulto, uma bela miniatura de pé. A presença de todos os dedos. Nada a mais, nada a menos. Um ser humano perfeito que saiu de dentro de você.

Espalma a mão sobre o teto da incubadora, tentando emanar alguma bênção. Compara o comprimento dele com sua palma, só um pouco maior.

Você quer tocar, encostar seu indicador gigante naqueles dedinhos.

Não pode. Você é uma estátua ao lado da incubadora a observar o menino.

Sua mão permanece encostada por fora do teto de acrílico. Você a retira, recolhe os dedos. Olha as mãos grandes, grotescas. Sujas, completamente rudes, grosseiras, você é toda grosseira.

Você, que pensava possuir alguma destreza, finalmente se dá conta de que tem mãos de chumbo, de movimentos bruscos. Ásperas, de calos grossos de dor, somente abrem caminhos de sangue. Tudo que suas mãos sabem fazer é trazer dores à tona, expor feridas. Naquelas circunstâncias, pior ainda, são mãos perigosas, vias de transmissão de ameaças invisíveis. Ali elas não têm função nenhuma, pelo contrário, além de inúteis, poderiam até matar.

Por que suas mãos estavam lá?

Não sabe.

As mãos-ameaça, o ventre oco, os peitos afogados, um colo vazio.

Você não é uma mãe. É um fragmento de maternidade, pedaço solto de mulher que pariu e ficou sobrenadando ao redor, à deriva. Rondando a redoma. Uma mãe-mosca.

Seu filho está lá, dentro da caixa, mas é você quem está aprisionada.

prematuro *adj.* ⊙ ETIM latim *prae* – "antes" + *matūrus* – "maduro"

---

1. Que chega antes do tempo normal; antecipado, extemporâneo, precoce.

---

2. Que amadurece antes do tempo próprio; temporão.

---

3. Diz-se de recém-nato que nasce antes de 37 semanas completas de gestação.

   3.1 moderadamente prematuro: 32 a 36 semanas e 6 dias.

   3.2 muito prematuro: 28 semanas a 31 semanas e 6 dias.

   3.3 extremo prematuro: menos que 28 semanas de gestação.

---

4. Principal causa de morte infantil e luto materno do mundo.

---

5. Bebê matuto, tinhoso, que quer vir à força antes de completar sua devida formação e matar os pais de agonia.

---

6. Bebê com pressa em nascer, sem ter ideia do mundo para onde ele vai descer.

| BOLETIM MÉDICO |

A médica corpulenta se aproxima para o relatório, você ouve a voz dela a zunir, mal compreende o que sai daquela boca pintada de rosa.

Como assim uma piora da noite pro dia, se ontem mesmo a obstetra disse que estava tudo bem?

Você ouve a velha ladainha da sepse: paciente intubado, sedado, usando a droga das drogas vasoativas, palavras saindo daquela boca ridícula, quem ela pensa que é pra falar daquele jeito.

risco

Parabéns, seu filho não era mais só um prematuro, fora promovido à categoria de doente.

Você olha para seu pedaço arrancado, pedaço que era para supostamente estar dormindo ao seu lado, no berço, mas não, foi tomado de você e estava enquadrado.

Dá as costas, não quer mais saber. Que se danem os fios e os tubos!

Segue em frente, buscando qualquer saída.

Só quer ir para longe.

palavra *s.f.*

1. Unidade da língua escrita, situada entre dois espaços em branco ou entre um espaço em branco e um sinal de pontuação ou, ainda, entre duas bocas que estão tentando se entender.

2. Unidade mínima de fonemas com som e significado, que podem ser inabitados, desocupados de sentido ou de gosto, ou podem vir com sentido, a depender do estado de espírito do indivíduo.

3. Fonemas em conjunto, que a boca articula e lança como recurso de informação, opinião, afago, carinho, agulhada ou facada, por vezes emitidas em vão, repetidas no vazio.

4. Sinais gráficos que, na formação de conjuntos adequados de letras, podem repassar conhecimentos, dados, segredos e ensinar muita coisa.

5. Recurso humano que une ou separa pessoas.

| SAÍDA |

Você é apenas uma massa orgânica a caminhar pelos corredores. Andar não tem propósito. O corpo anda, a alma não acompanha.

Esse é o preço que se paga por sonhar. Bem feito. Quem você achava que era para merecer felicidade?

Sonhar não é de graça, custa caro. Custa fazer planos, imaginar o que nunca existiu. Não, não se pode prever o que vem pela frente. Quanta ousadia! Você anda de costas, de costas para a vida, sempre.

Você não sabia que queria, mas agora decidia que sim, queria. Desejava toda a parafernália de uma gravidez. Desejava os babados, as fotos, o circo de bibelôs, as palminhas, o ridículo. Queria ter apertado a mão do marido durante o parto até moer seus ossos. Ter uma foto descabelada em família. Ver o bebê-musgo ser retirado, carregado e posto no seu colo enquanto tiraria sarro da cara inchada de espanto do pai dele. Achar lindo seu bebê murcho com cara de joelho. Ouvir o choro esganiçado que te irritaria e não te deixaria dormir. Sim, você queria a tralha, os penduricalhos de uma gestação, todos os anexos tolos que significavam simplesmente a celebração de um nascimento normal.

Ver o filho a olho nu. Sem redoma.

Ter o direito às lágrimas, não de raiva ou de amargor, mas de alegria.

Seu corpo é um outro ser, você caminha no presente, mas sua pobre alma penada vagueia, ainda conectada aos vislumbres do que poderia ter sido.

O corpo para em frente ao mural de fotos. Imagens se exibem, dezenas de corpúsculos de bebês e crianças já não trazem mais conforto, e sim desarranjo, descompasso, desespero.

Você chora sem esforço, permite vazar.

O banco é abaixo do mural, mas, quando senta, você fica de costas para ele, abaixa a cabeça e comprime os ouvidos.

respira!

Algum tempo se passa, você sente um toque no seu joelho. Ergue a cabeça.

Encontra outros olhos, aquele par de íris de azul indeciso que, juntamente com você, também estão molhados.

São lágrimas escuras, águas pesadas, mas o fundo dos olhos permanece o mesmo, límpido e claro, inundado pelo mesmo mar negro em que você navega.

A dor não cessa, mas fica menos amarga. Algo se preenche, não é um cruzeiro solitário. É uma pessoa, a segunda pessoa dentro das mesmas paredes.

O corpo obedece. Ambos os braços arremetem sem precisar dizer nada e se encaixam. Vocês se entregam a um abraço ajustado.

Encaixada no peito dele, você pode sentir o outro coração bater, o conjunto untado por uma cola de vida bem forte.

|OLHOS|

Ao chegar na cidade grande, você estranhou tamanha pressa.

São Paulo fervia de passos, de gente, de aceleração.

Você estava acostumada a dar dois beijinhos no rosto, abraçar os amigos, conversar perto das suas bochechas, sentir o calor humano. Apertos de mão flácidos sempre incomodaram.

Mas na metrópole as pessoas se moviam velozes, mesmo sem destino. Andavam pelas ruas determinadas, sem nunca olhar para o céu cinza, muito menos para os olhos uma das outras. Não diretamente.

Você conheceu e atendeu todo tipo de gente. Gente diferente. Gente fria, gente morna, que nem fede, nem cheira. Gente cabreira.

Rapidamente, talvez por instinto, se adaptou à afobação. Suas mãos acompanharam a agitação da cidade. Com o tempo, você se conteve a apenas um beijinho, conviveu com os abraços de lado e os toques secos. Mas de olhos retos, aquele olhar de mira certeira, desses você sentia falta.

Por isso, na loja de decoração, quando esbarrou sem querer naquele par de olhos cor de mar, firmes, lhe pedindo sinceras desculpas por quase terem derrubado o vaso que você carregava, você ficou admirada.

Naquele dia, não teve tanta pressa de voltar para casa.

| PLURAL |

Vocês enxugam as lágrimas, porque se dão conta de que elas não resolverão a situação.

Recarregam as energias nos passos lentos enquanto caminham de mãos dadas. Decidem que precisam de uma estratégia, mesmo que a estratégia seja seguir juntos sem estratégia nenhuma.

Retornam para a ala semi-intensiva. De repente, ter passado por uma cirurgia não foi tão ruim assim, pelo menos garante sua estadia num quarto do hospital e vocês podem ficar mais próximos dele. Quem sabe poderíamos negociar com a obstetra mais alguns dias? Afinal, você tem dor e ainda está com um pouco de sangramento.

Você vai ao banheiro, torce para ver o absorvente vermelho. Se decepciona com o forro de algodão limpo.

A bandeja do almoço é entregue, você não tem fome, que injusto vir refeição apenas para um. Você quer que ele se alimente também, ambos precisam de forças, vamos comer no refeitório, comprar um almoço extra. Melhor não, repensam, querem ir visitá-lo. Precisam retornar à UTI, entender melhor os detalhes do que se passa. Afinal, os pais têm acesso ao leito a qualquer momento, não é mesmo?

Ele é prudente, quer checar a rotina antes. Caça os panfletos da admissão no armário, lá constam todos os horários, devidamente registrados.

Identifica que neste exato momento está rolando a "hora do psiu", o período de sossego dos bebês, lembra? Melhor não incomodar o pequeno, concluem.

O próximo relatório médico é só às 16 horas. Vocês têm tempo livre. Não sabem o que fazer com isso, qualquer existência longe da incubadora não tem sentido.

Espalham os panfletos na cama. É hora da aula. Ele massageia seus pés enquanto você explica sobre os aparelhos, os exames e as principais doenças do prematuro. Dá uma aula sobre ventilação mecânica e membrana hialina. Ele reforça toda a aprendizagem médica que obteve nos últimos dias. Finalmente, revela maiores detalhes sobre o fim de semana, enquanto você estava na UTI adulto.

Você o escuta.

Na porta, surge a obstetra para uma nova visita. Você fica triste em responder que o sangramento parou. Ela pressiona sua incisão, dói um pouco, você reage mais que o necessário. Informa que está tudo bem, a hemoglobina está ótima, se tudo der certo em breve você terá alta hospitalar. Você pede para ficar mais tempo, precisa se organizar. Ela diz que consegue segurar um pouco, mas não garante mais que dois ou três dias. Deixa o quarto ticando o salto.

Vocês precisam ficar o mais perto possível do pequeno. Estão sozinhos, não possuem rede de apoio.

Ele fez a pré-reserva no hotel ao lado, talvez fosse bom dormir por lá. Brilhante ideia! Ele vai confirmar a disponibilidade e calcular os custos.

A tarde passa arrastada. A televisão brilha cenas no mudo até os ponteiros alcançarem a hora do relatório vespertino.

Caminham de mãos dadas, entram ansiosos na UTI. Mais lavagem de mãos.

À distância do leito, com as mãos no bolso, ouvem as notícias, agora anunciadas pela pediatra de rosto infantil com óculos de armação preta grossa. Tem a voz doce, quase inaudível, mas carregada de notícias amargas: o pequeno permanece no tubo, em ventilação mecânica, dose baixa de noradrenalina. As culturas até o momento estão negativas, mantém-se o antibiótico, que ainda está no intervalo de tempo para surtir efeito.

Você checa os controles e os débitos, a saturação em 97%, boa. Ele observa números que não compreende, apenas enxerga a curva descendo e subindo de forma regular, supõe que deva ser bom. Busca seus olhos, você demonstra o semblante seguro, está tudo em ordem.

A pediatra avisa que, se conseguir retirar a adrenalina ainda hoje, tentará reintroduzir o leite pela sonda. Não garante, mesmo assim recomenda que você colete leite para não perder o estímulo das mamas.

Você relembra que tem peitos.

Ela pergunta se você já fez o treinamento do lactário.

"Que treinamento?", você responde, desconcertada.

Ele viu algo a respeito disso nos panfletos, tem quase certeza de que há um horário por volta das 17 horas.

"Agora? Obrigada", você dá as costas para a médica e sai a passos largos. Ele te segue.

| DESEJOS |

Antes do seu filho existir, você nem sabia se o queria.

Nunca pensou em ser mãe. Não objetivamente. A imagem da família margarina agradava, um dia, quem sabe, mas você não tinha ideia de como seria a execução. Às vezes a gente gosta da ideia, mas não sabe bem o que fazer com ela.

Forte mesmo só a vontade de partir.

Você guardava dentro de si a imensidão. Nunca coube nos diminutivos, naquele quartinho, naquela casinha, na escolinha, na pequenina vila.

Quando você ousou dizer assim, sem pensar muito, que gostaria de ser médica, a sentença voou rápido aos tímpanos da vizinhança. Dona Fátima recebera a notícia com enorme alegria, finalmente, veja, Cristo ouvira suas preces.

Você passou a se dedicar a um sonho que não sabia se era exatamente seu. Teve todo apoio de sua mãe, da vila, da cidade, não se nega uma grande oportunidade dessas, minha filha. Você não compreendia exatamente o que seria um sonho. Às vezes, a gente gosta mais da ideia do que da execução.

No dia que você escutou pelo radinho seu nome ecoar na lista de aprovados em Medicina, saiu do quarto meio tonta, te arrastaram para a rua, comemoraram, quebraram ovos na sua cabeça, untaram seu corpo com farinha de trigo, café e terra. Percorreu em trapos as ruas da cidade com uma flor de folha de jornal na cabeça, toda suja, transitando por entre as festas das famílias nas calçadas. Na testa, em batom rosa-choque:

BURRA

Sorriu. No fundo, achou aquilo tudo um puta desperdício de comida.

| AUMENTO |

Vocês se separam. Cada um com a sua devida missão.

Chegando no hotel, ele fica surpreso com a lotação nos próximos três dias de um edifício cinza de quartos monastéricos, padrão duas estrelas e meia, vá lá, no máximo, estourando, três. O pacote de cinco diárias custa quase metade do seu salário de consultor.

Ele reserva.

De volta ao quarto, pega o notebook e manda um e-mail pedindo uma call urgente com a chefe.

> ✉ Assunto: Honorários

Ele sai extremamente satisfeito com o resultado da reunião: 10% de aumento de salário em troca de serviços de consultoria extra pelos próximos 12 meses. Está ferrado, mas respira com alívio.

Pensa que se a gerente sênior não tivesse filhos, ou se fosse uma chefia do sexo masculino, o acordo teria sido muito mais difícil.

| ANATOMIA DAS MAMAS |

O ser humano é mamífero.

As mamas são glândulas que produzem leite e existem para os mamíferos alimentarem seus filhotes.

As glândulas mamárias se juntam em tubos, depois em ductos, e desembocam nos mamilos, que variam de tamanho, de forma, de cor e de bico.

Lá vem a tabela de tipos: bico para fora, protusos. Bicos para dentro, invertidos. Bico plano, mama sem bico. Bico em tubinho, bico comprido.

O bico e a boca. A boca no bico.

Os ductos lactíferos devem estar livres para que o leite escorra, para que a boca, cercando o bico e sugando-o com um bom encaixe, extraia o leite com facilidade.

O bico, a boca, o leite.

Mama de mamífero serve para isso.

O humano é o único ser que as utiliza para outras coisas. Coloca roupa. Prende no sutiã. Chupa. Bota piercing.

O ser humano é livre.

| LACTÁRIO |

Você atravessa, afobada, a sala de espera do pronto-socorro, ainda reaprendendo a caminhar rápido.

Nota as diversas poltronas ocupadas pelos respectivos úteros gravídicos. A visão te irrita, quantas inúteis não têm o que fazer para comparecer ao pronto-socorro em plena tarde de segunda-feira.

Na rampa, ornam penduradas diversas fotos antigas, quadros de objetos médicos, frases motivacionais e registros históricos que tentam impor à instituição um ar de antiguidade e respeito.

Você bufa.

Ao final do percurso, se sente dispneica. Diagnostica em si mesma cansaço aos médios esforços. Consternada com o fraco desempenho do próprio coração, se assusta e questiona se não estaria com algum grau de insuficiência cardíaca.

Talvez pudesse conversar com a obstetra, ela poderia investigar melhor, pedir exames, isso manteria você mais alguns dias internada.

Refuta a ideia. Se realmente detectassem algo, poderia ser pior, talvez não permitissem ver o filho na UTI. Não é hora de pensar em si mesma.

Entra num corredor branco, mais largo e iluminado, dá de cara com a foto gigante de um bebê bochechudo e saudável sorrindo. Sente uma bofetada dada por um fantasma.

porra de propaganda enganosa

Você sacode a cabeça e volta a se concentrar na missão. Finalmente, avista a porta branca com a janela de vidro e a inscrição em letras adesivas:

LACTÁRIO

Espia dentro, não parece haver vivalma.
Bate na porta. Ninguém responde.
Entra sem esperar permissão.

|VESTIÁRIO|

Na primeira vez em que você entrou num centro cirúrgico, ainda estagiária, foi chegando retraída.

No vestiário, os cinzentos armários encaravam seu corpo magro e esquelético. Os cadeados com certeza eram câmeras de espionagem que divulgariam sua nudez. Vestiu rápido a folgada roupa privativa e guardou suas coisas.

Ao empurrar a porta interna de acesso às salas operatórias, seus movimentos automaticamente se tornaram mais vagarosos. Seus olhos e ouvidos se transformaram em antenas, dispostos a captar tudo daquela nova atmosfera sagrada: o centro cirúrgico.

Para você, as portas das salas eram como cortinas retangulares, escondiam cada uma os segredos do grande espetáculo mágico: uma cirurgia.

Você se lembra das luminárias, as paredes lustrosas de amarelo tênue, os cantos arredondados. Tudo construído, pensado e finamente projetado para o controle, a limpeza, a assepsia, conforme você havia estudado.

O neurocirurgião de plantão pediu auxílio numa craniotomia. Ordenou então que você se preparasse.

Você já estava mais do que preparada. Esperara por aquele grande momento há muito tempo.

Você ajustou a touca, colocou a máscara antes. Escovou as mãos em três minutos. Vestiu o capote. Calçou as luvas sem tocar em nada. Devidamente paramentada, coçou o nariz e ajustou os óculos com as luvas estéreis já colocadas.

Foi expulsa da sua primeira cirurgia.

| DIMINUTIVO |

No lactário, um novo espaço se abre, mais salas delimitadas por divisórias envidraçadas com o zunido de geladeiras e máquinas em funcionamento ao fundo.

De súbito, surge uma mulher paramentada, de olhos verdes com pestanas grossas acima da máscara, que se posta à sua frente e fala um "Pois não?" com voz grossa. Você diz que veio para o treinamento. Ela abaixa a máscara, mostra um sorriso esgarçado e ordena que você aguarde um pouquinho ali no conforto, *mãezinha*.

mãezinha é o caralho!

O palavrão sobe pela traqueia até a laringe, você tenta segurar, sobe junto uma quentura pelas orelhas. O palavrão fica empastado na garganta, você quer vocalizar, chega a contrair o músculo orbicular da boca, sai um golfo de ar. Você morde os lábios e engole sua vontade.

Segue a mulher sem questionar, com o *mãezinha* ainda ecoando no cérebro.

Chegam numa sala repleta de poltronas com encostos para os pés que sugerem ser um espaço-conforto.

Você permanece de pé, meio bamba.

Sente azia: é o *mãezinha* regurgitando.

Você não está acostumada a engolir suas palavras. Tem vontade de gritar, botar para fora, mas logo encara: é a mais pura verdade.

Você é mesmo uma *mãezinha* de merda, uma mãe caolha. Não fez nada de útil pelo seu filho além de sangrar e sair choramingando pelos compartimentos da maternidade. Merece mesmo o cargo no diminutivo.

Não sabe dizer se pelo efeito da palavra ou do ambiente, começa a sentir os peitos doloridos. Quer começar logo o treinamento.

No conforto, busca uma das poltronas e se surpreende com o extenso balcão, repleto de petiscos, cestos de pães, frutas e jarras de suco, parecendo café da manhã de hotel. No canto próximo, há um bolo alaranjado lustroso, com cara de que acabou de sair do forno.

Circula pelo ambiente. Numa parede há um quadro de avisos com alertas e horários. Do lado oposto, uma mesa de vidro contendo revistas, uma pilha enorme de papéis revirados e a imagem de uma santa de manto azul e braços abertos que jaz em cima de uma bíblia amarelada. Você não faz ideia de qual santa seria, há tempos não entende de santos ou imagens sagradas, mas pensa que dona Fátima com certeza a identificaria sem precisar do Google.

A enfermeira orienta mais uma *mãezinha* no corredor. Logo uma mulher corpuda de cabelos desgrenhados entra no conforto. Ela cruza o olhar rápido com você e, sem dizer nada, atravessa apressada na direção do banheiro.

Você se dá conta que outras mulheres comparecerão ao mesmo treinamento, você não é a única paciente do hospital.

Tem sede. Verifica a existência de um jarro de água saborizada no balcão, um luxo. Se serve com um copo de água comum, do filtro.

Chegam mais três mulheres, duas conversando como boas vizinhas e outra, logo atrás delas, mancando às custas de uma bota ortopédica que usa na perna esquerda.

A capenga se senta na poltrona mais próxima à porta, sem levantar a vista. Estica a perna fraturada sobre o descanso enquanto ajeita os cabelos crespos num rabo de cavalo curto e alto. Você senta em frente a ela, tenta disfarçar, mas não consegue tirar os olhos da bota. Diagnostica uma provável lesão de perna baixa, tornozelo ou proximal de pé pelo tipo da bota que ela usa. Que inferno ter que se deslocar no labirinto da maternidade com um troço daqueles.

A enfermeira pestanuda reaparece e orienta que as moças se organizem em fileira para o vestiário, retirem os sutiãs e vistam o avental verde com a abertura para a frente. Você é a primeira da fila.

O local indicado é um cubículo fechado com uma parede recoberta por armários trancados e as demais cercadas de ganchos. Pendura primeiro o sutiã, depois a blusa por cima, tentando recobri-lo. Pega um dos pacotes de roupa privativa do monte em cima de uma cadeira plástica milagrosamente encaixada no canto do aposento e abre o saco. Veste sua farda verde-musgo de *mãezinha*.

Sai para dar vez à próxima. A enfermeira distribui para todas propés, máscaras e toucas. Ela direciona vocês para a pia, onde ordena que lavem as mãos. O som de um radinho velho ecoa. Por fim entram no salão principal do lactário, que nada mais é do que uma sala repleta de bancos de plástico intercalados por mesas com bombas de amamentação.

A enfermeira ordena que se sentem voltadas de frente para ela. As mulheres se organizam, em movimentos receosos. Você se acomoda na última fileira.

Ela começa a falar como uma líder de torcida sobre a importância vital da amamentação, explica como o leite materno faz bem ao mundo e recita orientações sobre ordenha. Você não compreende de onde vem tanta empolgação com a ideia de extrair leite da forma mais antinatural possível, como fazem com as vacas.

A enfermeira indica as bombas de amamentação e o kit de higiene nas mesas. Pega uma folha no balcão, ressalta os horários em que a sala estará fechada para a manutenção, apenas 15 minutinhos, cinco vezes ao dia. Caso vocês se esqueçam, todas as informações constam no quadro de avisos. Adverte que a sala não poderá ser utilizada sob hipótese alguma nesses intervalos. Fora isso, tudo bem, estará sempre à disposição em qualquer momento do dia, até as 21 horas e 30 minutos. Depois disso, gente, não adianta insistir, não se recolhe mais leite.

Você se questiona que tipo de fantasma viria bombear os peitos de madrugada.

Ela continua o discurso, empolgada, anunciando que as *mãezinhas* podem frequentar o conforto à vontade, o lactário é sua segunda casa.

Você tem vontade de levantar e ir embora.

A enfermeira pega um caderno preto no balcão, apontando as anotações, e orienta que todas assinem seus nomes e a quantidade de leite coletado. Chama a atenção para a importância da adequada identificação do frasco de vidro, olha que dica top, colem a etiqueta no mesmo nível da coluna de líquido, na altura dos olhos, assim fica marcado certinho.

Você se pergunta se no curso de enfermagem tem aula de gramática no diminutivo.

Depois de mais orientações óbvias, como não deixar a geladeira aberta, não quebrar vidros, tentar não contaminar o interior dos frascos, ela finalmente começa as instruções efetivas. Ordena que exponham as mamas e, primeiramente, as massageiem bem para amolecer os peitos, sacudindo e apalpando um molde de espuma como exemplo.

Você observa aquela mulher apertando com vontade o bico de uma mama de brinquedo enquanto as tetas dela estão bem guardadinhas no sutiã de bojo.

Repara nas outras *mãezinha*s ao redor. Todas atentas, parecem ser melhores alunas do que você.

Volta a prestar atenção na professora, que sinaliza os kits de higienização, orientando que cada uma pegue apenas dois pedaços de algodão, um para cada mama, limpe bem os bicos com os tufos molhados de soro e, em seguida, os descarte. Você acha graça ter cota para gasto de algodão.

Todas as *mãezinhas* permanecem concentradas, exibindo os bicos multicoloridos e executando as instruções da grande ama. A mulher de cabelos desgrenhados torce com força seu mamilo róseo plano de bico invertido. Você baixa a vista para os próprios peitos inchados, feliz em testemunhar seu bico preto pontudo e exibido.

Massageia as próprias mamas com certo carinho, nunca tinha feito isso com a devida consciência do ato. Porejam microgotículas brancas na superfície da sua auréola.

Aquilo é real, a existência de ductos lactíferos em você.

Atesta: você tem leite.

CONVERSAS PARALELAS 2

Você é uma tagarela.

Ao chegar em casa, mesmo exausta após os plantões, adorava contar os casos clínicos e as intercorrências dos plantões para o marido. Depois de grávida, o falatório passou a ser para o filho.

Os ouvidos e a cóclea do feto começam a se formar por volta da 15ª semana de gestação, mas o bebê só inicia a captação de ruídos depois da 20ª semana. Conforme a gestação avança é que se processam alguns sons de mais baixa frequência e o ouvido vai se aperfeiçoando.

Há relatos de casos mais graves de surdez congênita. Casos que só vão escutar mesmo depois da adolescência.

É o que muitas mães comentam.

| EXTRAÇÃO |

Você conecta a ventosa plástica no bico do seu peito pela primeira vez. Sente a sugada automática e vê seu mamilo preto entupindo o frasco para frente e para trás. Surge uma coceirinha leve, engraçada, a sensação é estranha, mas boa. Pequenas gotas do seu leite caem no vidro.

É verdade o que dizem os livros: humanos são mamíferos.

A professora recomenda manter a pressão baixa da bomba, no nível três, a princípio, para o estímulo, durante três minutos, e só depois aumentar a força na fase de extração.

Ela relembra o tempo de entrega das doses de leite, até 45 minutos antes da prescrição médica. Anuncia empolgada que, se vocês coletarem volume suficiente agora, ela leva o leite cru para o próximo horário.

As mulheres se excitam. No seu frasco de vidro, algumas ralas gotas escorrem. Você não faz ideia da dose de leite que seu filho tomava antes de ser reintubado, estava um pouco ocupada, se recuperando de uma histerectomia de emergência. Aumenta o nível da bomba para quatro.

Pergunta para a professora o que acontece com o leite colhido que não vai ser administrado ou que não completa volume suficiente para uma dose.

"Excelente pergunta!"

Você acaba de ganhar uma estrelinha.

Ela informa que só o leite cru, recém-coletado, pode ser administrado no horário, o que sobra vai para a pasteurização e fica armazenado.

Começa então a proferir uma aula sobre métodos de preparação e estocagem do leite materno desde o surgimento da Via Láctea. Você já assistiu aquela aula na universidade diversas vezes, não quer mais ouvir.

Faz as contas. Se 20 gotas equivalem a 1 ml, para uma dose de 10 ml você estima que precisa de 200 gotas.

Seu frasco agora contém umas 5 gotas.

Você aumenta a força da bomba para nível seis. Observa o bico entrando e saindo da ventosa, acelerado, um pouco dolorido.

Mal vê a hora daquele bico ser mastigado pela boca do seu filho.

| CALIGRAFIA |

Você olha para o relógio: são exatamente 17 horas e 13 minutos quando as 186 gotas do seu leite caíram no frasco de vidro.

Em singelos movimentos, dignos de bailarina do Bolshoi, você se levanta da cadeira e vai até o balcão, olhando de esguelha para as outras *mãezinhas*. Ergue o frasco à altura dos olhos e marca o exato nível de leite com a etiqueta branca, do mesmo jeito que a professora ensinou. Em seguida anota no caderno utilizando sua melhor letra de médica:

9 ml

| PESOS E MEDIDAS |

Vocês se reencontram no corredor da maternidade, se abraçam, trocam entre si as boas notícias. São 17 horas e 53 minutos quando vocês lavam com afinco as mãos que permanecerão no bolso ou na cintura.

Já conhecem o trajeto, última saleta, última incubadora, fila da esquerda. Na sala 7, se aproximam da sua caixa. Ele reconhece a técnica briguenta, espia o nome no crachá: Verônica. Ela sorri. A segunda técnica do plantão aparece carregando a bandeja com as seringas leitosas até o balcão, no fundo da sala.

Na incubadora, o pequeno parece mais corado. Ainda está intubado, os parâmetros de ventilação bem mais baixos e sem droga vasoativa. Que coisa boa! Deve sair do tubo em breve.

Observa com sublimação Verônica se aproximar da incubadora e encaixar a seringa leitosa na bomba de medicação a fim de administrar os míseros mililitros do seu leite cru pela sonda gástrica do seu filho. Sente o gosto do dever cumprido.

Verônica chega perto de vocês, comenta que está contente com a evolução do pequeno, tem a impressão de que hoje ele não perderá mais peso. Você pergunta o valor atual, ela prontamente busca a prancheta de débitos: 1573 gramas.

Ele fica abismado ao fazer as contas, seu filho perdeu 340 gramas, 17% do peso, desde que nasceu. Ninguém comunicou isso, está perplexo diante do desconhecimento público do fato.

Você sabe que é normal a regressão de peso em até 10% para bebês a termo, prematuros ainda mais, 15% nos primeiros dias. O seu filho está pouco acima do limite, porém mesmo insegura você tenta acalmar os ânimos. Não se assuste, homem, é assim mesmo. Verônica chama a pediatra com cara de criança, Roberta, que conversa e repete, de forma meiga, seus mesmos argumentos, enquanto ele retruca que não dá pra ficar tranquilo com uma informação daquelas.

"Vamos aguardar o desenvolvimento das pesagens", Roberta continua a apaziguar a exasperação do marido.

Você pergunta quando será a próxima aferição. A pediatra esclarece que a rotina de peso é sempre por volta das 23 horas, antes do banho.

"A gente pode acompanhar?", ele pergunta.

"Claro."

Vocês assentam os olhares.

| PESAGEM |

Retornam ao quarto exaustos, mas não irão se entregar à fraqueza, afinal têm uma nova incumbência às 23 horas.

Ele recomenda que você repouse. Você teima, quer coletar leite antes da mamada das 21 horas, ele argumenta que se não estiver descansada não produzirá leite nenhum. Você dá razão.

Cometem o pecado da luz apagada. Acordam confusos, Deus do céu, 22 horas e 54 minutos, você sabia que não deveria ter dormido. Passos afobados até a UTI.

O guarda baixinho com cara de sono libera vocês. As salas estão escurecidas e ausentes de pais.

Uma nova enfermeira bochechuda e com óculos redondos estranha a presença de vocês naquele horário, mas permanece com ar gentil. Você pergunta se já pesaram o leito 7. Ela informa que ainda não e pede que aguardem um pouco enquanto vai chamar a fisioterapeuta e a pediatra. Você observa seu filho calmamente dormindo.

A mesma pediatra, Roberta, com olhos inchados, entra acompanhada da fisioterapeuta esbelta, de cabelos negros. As mulheres se posicionam ao redor da incubadora. A enfermeira libera as traves pelas alças laterais e abre a caixa como uma nave espacial, enquanto a fisioterapeuta agilmente desconecta o tubo traqueal e o encaixa no pequenino ambu. Numa manobra veloz, um, dois, três, o saco-de-farinha-filho é carregado embrulhado até o prato da balança no balcão lateral. Por extensos milissegundos, seu filho está completamente solto no ar ambiente.

Você não respira.

Antes de pensar em executar qualquer ação, ele já está sendo colocado de volta na nave, que é fechada com um solavanco. Tubos são reconectados enquanto você observa a curva de batimentos cardíacos dele voltando a aparecer no monitor, alertas apitando. A fisioterapeuta ajusta calmamente os parâmetros do ventilador. A saturação volta a aparecer na tela: 95%.

Você não viu valor de peso nenhum.

A voz miúda de Roberta anuncia contente que ele ganhou 8 gramas, um recorde. Você relembra que existe ar para respirar. O rosto do marido está mais pálido que o do filho. A médica checa os aparelhos de novo, aperta seu ombro e reforça que está tudo bem. Pede imensas desculpas pelo transtorno da pesagem, já vai melhorar, logo mais será liberada de outra sala uma incubadora mais moderna, que já possui sistema de aferição embutido, assim seu filho não precisará mais passar por isso.

Você se pergunta o que aconteceu com o bebê da incubadora sofisticada. Sente náusea.

Murmura "obrigada" e sai, puxando a mão do marido.

| SALA DE TRAUMA |

Os melhores dias para tirar plantão quando se é acadêmico é nas sextas e sábados. E vésperas de feriado.

O PS sempre está lotado.

Na falta de equipe suficiente e com o excesso de demandas de pacientes, sempre acaba sobrando algo pro acadêmico fazer. Nem que seja pegar um acesso. Não tem quem faça. Chama o estagiário. Melhor que nada.

Atendimento inicial do paciente politraumatizado. ABCDE do trauma. Checar vias aéreas, colar cervical, respiração, sangue no tórax ou abdômen, pupilas em cabeças batidas, fraturas. Veias grossas pulando em braços jovens de rostos, peitos ou barrigas ensanguentadas que precisam de soro urgente.

Com os vivos também se aprende. Nada melhor do que o couro cabeludo grosso de um bêbado anestesiado de cachaça para dominar a arte de suturar e conter sangramentos.

Na monitoria, você ensinava drenagem pleural, o procedimento de introduzir o tubo na pleura, a membrana entre o pulmão e a parede do tórax que, se é preenchida, precisa ser esvaziada para que o pulmão não colabe.

Você já drenava com avidez o tórax de porquinhos dormindo, mas quando, passou seu primeiro dreno entre as costelas de um ser humano, foi bem diferente. Os músculos do tórax, fortes, contraídos, apertando o seu indicador, o paciente acordado, gemendo, a textura em espuma de um pulmão humano na ponta do seu dedo.

Ali não era treino em gente morta. Não era esponja. Não era um bichinho. Era gente viva. E doente.

Alguns bem graves.

Tem quem aguente.

| CAFEÍNA |

A cafeína é uma substância utilizada em recém-nascidos prematuros como estimulante do sistema nervoso central, sendo associada a melhores resultados no neurodesenvolvimento de bebês mais precoces.

Que a cafeína é estimulante, você já sabia. O curso de Medicina te proporcionou diversas oportunidades de teste. Você era nota dez nas disciplinas Cafeína 1, 2 e 3, aprovada com distinção madrugadas adentro.

Até hoje necessita tomar suas doses diárias toda manhã e tarde.

A maioria dos médicos é viciado em café.

Podem até remunerar mal o plantão. Dar condições péssimas de trabalho. Não darem direito a carteira assinada. Minguarem seus honorários. Pagarem com atraso.

Mas, por favor, não mexa no café. No cafezinho, não.

Hospital sem café é o fim dos tempos.

| CAFÉ |

Dormem até mais tarde, porque dormir agora é uma mescla de ressaca e sonhos invertidos.

Você acorda com as mamas doloridas, enquanto ele se levanta com a lombar moída às custas do maciço sofá-cama de acompanhante.

Se arrumam tentando recarregar a disposição, é um novo dia. São quase 8 horas quando decidem tomar café juntos.

Descem até o café-refeitório-restaurante da maternidade, enfrentam a fila indiana de indivíduos da mesma espécie que a sua, mães de UTI, passíveis de identificação através das pulseiras amassadas que mostram à funcionária do caixa.

Não há muitas mesas livres, vocês pedem licença para dividir espaço com uma moça de cachos volumosos.

O marido a reconhece, é a mulher do roqueiro com a blusa do Scorpions, o casal da incubadora vizinha do primeiro dia.

"Sou a mãe do Joaquim", ela sorri, exibindo os dentes tortos.

Você desconfia daquele ar de intimidade imposta e se pergunta por que as mulheres da UTI sempre se apresentavam daquela forma, mães de alguém. Logo se lembra que seu filho nem tinha nome definido, precisavam discutir esse assunto urgente. Você pergunta o nome dela.

"Tatiana", ela responde, passando calmamente geleia de framboesa na torrada.

"Leônidas, prazer", seu marido se apresenta.

"Vocês são nossos vizinhos, né?", Tatiana limpa os beiços num guardanapo.

Você procura a aliança no anelar esquerdo dela, encontra.

"E o seu marido?", você pergunta.

"Ah, o Edu trabalha doze horas em horário comercial, a licença dele foi só de seis dias. Nem todo homem pode folgar, né?", ela comenta, mastigando mais uma fatia de pão de forma. Ainda de boca cheia, pergunta quantos dias vocês têm de UTI.

"Cinco", vocês respondem.

Ao ouvirem a resposta em voz alta, se dão conta que é apenas terça-feira, não pode ser, parece muito mais tempo, os dias eram atômicos, pesaram como semanas. Vocês são pessoas mais velhas agora.

Ela exibe de novo os dentes sinuosos e, ainda mastigando o pão, pergunta como seu filho está.

Você esclarece, fazendo questão de utilizar as palavras técnicas: em sepse, intubado, sedado, saindo da droga vasoativa, mas estável, obrigada.

Sem nenhuma pergunta da sua parte, ela inicia um solilóquio e desata a contar como tinha sido difícil o caso de Joaquim naqueles últimos trinta e cinco dias.

A questão da intubação havia preocupado bastante, pois Joaquim demorou vinte e um dias para ser extubado pela primeira vez, mas logo depois precisou retornar ao tubo. Ele havia nascido com uma anomalia congênita rara nos pulmões, diagnosticada logo nas primeiras consultas do pré-natal. Como foram muitas tentativas de fertilização in vitro, ela acompanhou a gravidez bem de perto. Após uma série de testes e exames, ela mesma tomou a iniciativa e fez uma busca fervorosa atrás de bons médicos, queria indicações dos mais renomados da cidade. Chegou até um obstetra famoso, aquele do Instagram, especialista em anomalias congênitas do tórax. O obstetra fez a cirurgia em Joaquim ainda no útero, foi um grande evento acadêmico, inclusive gravado e transmitido para médicos de fora. Tatiana ainda tinha na memória a caravana de jalecos brancos que acompanhou o procedimento. Foi um grande sucesso, tudo correu muito bem, porém duas semanas depois ela acabou entrando em trabalho de parto prematuro. Seu obstetra não conseguiu atender à urgência na ocasião, pois estava num congresso fora, e acabou indicando aquela maternidade, considerada uma das melhores da cidade. Assim, Joaquim nasceu de 28 semanas, com os pulmões encharcados e com derrame pleural bilateral. Foi intubado, drenado pelos dois lados do tórax, dreno mediastinal, usou surfactante e até cafeína, tudo o que tinha direito, mas, assim como o seu filho, Joaquim entrou em sepse, pegou uma pneumonia e, pela intubação prolongada, precisou de traqueostomia, que tinha até hoje. Joaquim agora estava muito bem, havia dado uma boa estabilizada, o pulmão estava expandindo e parece que finalmente estava melhorando.

Ela para de falar. O pão de queijo dele desce seco pela garganta enquanto o seu misto quente jaz frio no pratinho perolado na mesa.

Tatiana continua entornando calmamente seus goles de chá com sucralose.

Tímido, o marido comenta que está feliz, pois ontem seu filho, pela primeira vez, parou de perder peso.

"Que maravilha! É assim mesmo", ela exibe contente os dentes com restos de pão.

Vocês ouvem, então, o clichê, que ainda seria gasto um tanto de outras vezes.

"Um dia de cada vez."

| EMBRIOGÊNESE |

Um dia você estudou embriogênese.

Viu como o espermatozoide e o óvulo se formam, um de cada lado. Suas diferentes caudas e coroas. A secreção, o esperma, a injeção de bicarbonato na cavidade ácida. A competição, a luta. O grande encontro. O pouso em campo vasto e fértil de sangue. O aterro.

A célula, o novelo. A mórula. A cavidade que se forma por dentro, a gástrula. Tudo que se junta e, logo depois, se separa em camadas, para então se reunir novamente e delimitar cada órgão e sistema.

A natureza era mesmo fantástica! Você ficou maravilhada.

Num outro dia, você estudou os erros inatos, tudo o que poderia dar errado. As células que não se conectam, os genes que acertam a falha, o órgão que falta, o sistema enviesado.

O coração é o principal alvo. Comunicação interatrial, a CIA. Comunicação interventricular, a CIV. Persistência do canal arterioso, a PCA. Tetralogia de Fallot, opa, deu uma volta no coração, tá tudo torto!

Tem mais. Atresia de traqueia, atresia de esôfago, atresia intestinal, meningocele, macro e microcefalia, fenda labial, fenda palatina, onfalocele, gastrosquise.

"respira!"

Polidactilia, ou seja, ter dedos a mais, é o menor dos problemas. Um universo cromossômico de defeitos. O código secreto que decide quem já nascerá morto.

pré-destinado

Seria o acaso?
Você achou a vida uma desgraça.

| BANHO DE LUZ |

Sobem na companhia de Tatiana até a UTI. Na fileira de entrada, você distingue a *mãezinha* da bota ortopédica mais atrás. Passa pela catraca e resmunga para o guarda se ele não costuma dar prioridade aos que têm alguma deficiência. Atravessa batendo o pé, ainda a tempo de ver o funcionário chamar a fraturada para o início da fila.

Logo ao entrar, notam o feixe de luz azul fluorescente em cima da incubadora 7.

icterícia

"Todo dia é uma novidade!", você esbraveja.

O marido se preocupa.

Você explica que aquilo é banho de luz, fototerapia, para tratar icterícia.

Se aproximam da incubadora, o azul incandescente não permite olhar por muito tempo. O pequeno está encaixado no centro do ninho de pano, sem touca, os olhos recobertos por uma venda em formato de óculos, pleno, como se tomasse um manso banho de sol.

Você acha engraçada a pose e os óculos. Ri.

"Tá gostando, né, seu sem-vergonha?", você fala, sem pensar, com o queixo encostado na incubadora.

A frequência cardíaca dele dispara.

Você se surpreende.

Segundos depois, a frequência retorna ao basal. Não pode ser.

"Leonardo?", você repete, desta vez mais próxima da janelinha.

A frequência cardíaca novamente acelera.

Você atesta: seu filho reconhece sua voz.

Você e o marido sorriem juntos. Nunca imaginou que pudesse ser ouvida.

"Então esse vai ser o nome?", ele questiona.

"Claro. Ele tem força de leão!", você responde, contraindo o seu bíceps.

"Como está o bronzeado?", Leônidas tenta puxar conversa, a frequência cardíaca sobe, mas não tanto. Você tira sarro, voz de mãe é sempre mais poderosa.

Os batimentos vão reagindo na medida em que conversam. Vocês se divertem com a sinfonia estabelecida pelos três corações.

"Queria bater uma foto boa...", o marido comenta, indicando a loira da incubadora em frente, com uma máquina fotográfica nas mãos.

"Vocês podem trazer uma câmera fotográfica", uma técnica morena, que estava de bituca na conversa, comenta, "mas no horário certo, só precisa avisar a gente."

"Preciso pegar a máquina então", o marido coça a cabeça.

A pediatra corpulenta entra e vem direto ao seu leito. Tatiana, da incubadora ao lado, havia desaparecido.

Dra. Débora

Você identifica o nome, bordado em branco no bolso do privativo azul-marinho feito sob encomenda. Olha com raiva aquele nariz arrebitado. Da boca agora pintada de laranja saem as novidades óbvias para você: seu filho está com icterícia, a bilirrubina subiu, por isso ele está em fototerapia.

Débora pede que não se preocupem tanto com o fato do seu filho estar amarelo feito uma banana passada, pois, na opinião dela, é apenas icterícia da prematuridade.

"E a infecção?", você interroga.

"Está melhor. O leuco e o PCR estão em queda. Só a Hb que baixou um pouco, talvez ele precise de transfusão, vamos avaliar mais tarde", comenta, como se administrar bolsas de sangue fosse o mesmo que dar um copo d'água.

"Como é?", você pergunta, abismada.

"O Hb dele baixou", ela reitera, falando mais lentamente, como se você fosse uma aluna repetente. "Vou colher uma hemoglobina de controle, não se preocupe."

Você imagina como seria esganar aquelas bochechas gordas até ficarem da cor dos cabelos.

O marido observa, confuso.

Você informa que é doadora universal. Ela atenta que você acabou de passar por duas cirurgias, recebeu transfusões, não pode doar. Você lembra com rancor que não teve sangue para si mesma.

"Eu posso doar?", o marido questiona.

"Depende. Qual o seu tipo sanguíneo?", ela rebate.

Você sabe que ele não faz a mínima ideia.

O marido recolhe os ombros, a ruiva orienta que ele procure o banco de sangue e colete uma amostra para tipagem. Você duvida que ele seja capaz de encarar a agulha de transfusão sanguínea.

Ela se volta novamente para você e questiona se está coletando leite.

"Sim."

"Ótimo, talvez eu consiga aumentar a dose de leite ainda hoje", ela afirma, petulante.

Em seguida alerta que Leonardo ainda passaria pelo menos as próximas 24, talvez 48 horas na fototerapia, não fiquem preocupados, amanhã ela reavalia.

"Seria bom você começar a coletar algum leite", Débora reitera, dando uma piscadela e se voltando para a incubadora 8, onde a loira sentada na única poltrona da sala a aguarda.

vaca

O marido te observa confuso e tenta te dar um abraço. Você sente os peitos doídos e o afasta. Decide ir ao lactário e ordena que ele vá ao banco de sangue. Combinam de se encontrarem no almoço.

"Volto logo, Leonardo", você se despede, observando no monitor o coração do seu filho disparar.

icterícia *s.f.*

1. PAT Impregnação amarela dos tecidos, secreções orgânicas e pele, geralmente causada pelo excesso de bilirrubina no sangue, causando o efeito amarelão.

bilirrubina *s.f.*

1. BIOQ Composto cristalino de coloração alaranjada resultante da degradação da hemoglobina, filtrado pelo fígado e liberado através da bile.

2. Motivo de fototerapia em bebês prematuros com níveis muito elevados.

3. Produto que sobe no sangue do cantor Juan Luis Guerra quando ele vê a morena que ama.

| LAMBADA |

Antes da UTI, bilirrubina era para você uma palavra engraçada.

Toda vez que você escutava, tinha vontade de rir. Se lembrava de uma lambada, o hit que bombava na rádio na década de 90, você pequena, o sotaque espanhol ecoando ao ritmo caliente da guitarrada, a voz cantando *e sobe a bilirrubina quando te vejo assim, menina.*

Na música, a série de termos médicos descrevia o quão doente se pode ficar por mal de amores.

Anos depois, estudando Fisiopatologia, você descobriria que a relação mais próxima entre os termos insulina, soro com penicilina, aspirina e bilirrubina descritas naquela música era a rima.

Mesmo assim a palavra bilirrubina lhe arremetia boas lembranças.

Nada como atualizar os hits do momento.

| LISTA |

Você segue para o lactário, passa em frente ao conforto e observa lá dentro as várias *mãezinha*s, a maioria de pé, em grupos. Quase um chá de bebê de úteros vazios.

No vestiário, a porta está trancada.

"Tá em manutenção", a moça da limpeza avisa, enquanto esfrega uma flanela na vidraça.

"só 15 minutinhos todos os dias..."

Retorna ao conforto. O relógio marca 10 horas e 18 minutos.

Você vê Tatiana sentada numa das poltronas conversando com outra moça magrela de rosto fino e pálpebras de raposa. Se aproxima.

"Nossa, tá cheio", você comenta.

"É sempre assim nesse horário", a magrela reclama, revirando os olhos.

"Você já assinou a lista?", Tatiana pergunta, apontando uma folha em cima do balcão.

que porra de lista?

"Não", responde desconcertada.

Vai até o balcão e vê a folha de nomes com letras variadas. Tatiana é a primeira da lista.

Você assina, passa entre as mulheres, cabisbaixa, e procura o assento ao fundo, ao lado da mesa da santa.

"Tatiana, Joana e Carla", a voz grossa da enfermeira-professora anuncia da porta. Tatiana se levanta com a amiga e te manda um tchauzinho discreto.

respira...

Você se joga na poltrona, encarando a santa de manto azul e rosto melancólico.

"Que saco, né?", uma voz ao seu lado comenta. É a moça da bota ortopédica.

tudo é um saco

"Sim", você responde, tentando soar educada.

"Só tem sete cadeiras lá dentro", ela comenta. "É ruim, mas a gente vai se acostumando", complementa, levantando os ombros.

Você pensa até quando terá que se acostumar com coisas ruins.

"Cristiane!", a voz da ama anuncia.

A capenga, Cristiane, te pede licença e apoia o peso do corpo nos braços. Você titubeia para ajudá-la, mas ela já está erguida e sai mancando.

podia ser pior

umbigo *s.m.*

1. ANAT Depressão cutânea localizada no centro do abdome, formada pela cicatriz do corte do cordão umbilical.

2. Resquício do fechamento do cordão de vampirismo do embrião, enquanto este sugava com avidez o sangue de sua gestora intraútero.

3. Vaso que precisa ser fechado com um pregador de roupa logo após o nascimento, até que oblitere.

4. Forma de acesso à circulação do bebê nos primeiros dias de vida, podendo ser por ele passado um cateter.

5. Pedaço de carne humana que algumas mães guardam, enterram ou fazem joias na esperança de trazer sorte ou guardar a cura genética de alguma doença ainda não descoberta.

6. Fonte de renda para cirurgiões gerais quando não é fechado adequadamente e produz hérnia.

7. Primordial ou única preocupação de algumas pessoas nos tempos atuais.

COLOSTRO

O leite materno não é sempre igual, ele muda durante a lactação.

O primeiro leite, o colostro, é mais líquido, rico em proteínas e possui uma maior concentração de anticorpos, que dão um reforço à imunidade do bebê. Dura de três a cinco dias e progressivamente se transforma no leite maduro, que ainda possui defesas, porém é mais denso e rico em nutrientes.

Até mesmo durante uma única mamada a consistência é diferente do início até o final. O começo do leite é mais fluido, com maior proporção de água, que hidrata, e o que vem depois, o leite posterior, é mais cheio de gordura, que sacia.

Não importa a fase, o leite humano tem anticorpos, é fato. Isso não tem no leite de lata.

|NOSSA SENHORA|

Uma a uma as *mãezinhas* deixam a sala até você ficar sozinha no conforto.

O relógio tiquetaqueia do alto, petulante. São 10 horas e 23 minutos.

"as amostras são aceitas até 45 minutos antes..."

Na mesa ao lado, a santa tristonha te fita. Você aproxima o rosto bem perto do dela, consegue ver as marcas de tinta branca na face da imagem, representando lágrimas. Tem vontade de imitar.

"Chagas abertas, coração ferido,
O sangue de nosso Senhor Jesus Cristo
entre Leonardo e o perigo..."

Lagrimetas escorrem, você as enxuga rápido. Desembaça a vista, lê na base do pedestal a grafia meio apagada: Nossa Senhora das Graças.

que desgraça!

A bíblia está ostentosamente aberta, você tenta ler uma passagem, não se convence, não há significado para você. Larga. Procura na pilha da mesa algo para ler, distrair a cabeça, afasta uma pasta de divisórias atochada de papéis e alcança uma revista de moda, edição de um ano atrás.

Por onde começar nos cuidados com a pele? Entregamos um guia completo!

Folheia sem interesse. Reportagens, notícias e matérias inúteis. Pensa na importância que se dá para coisas desimportantes.

"Isadora", finalmente ouve a voz rouca te convocar.

São 10 horas e 48 minutos. A enfermeira pisca os cílios espessos acima da máscara e pergunta se você vai entregar leite.

"Vou tentar."

"Aqui a gente consegue!", ela incentiva, apontando ao vestiário.

"Valeu, Marcela!", Tatiana a cumprimenta enquanto passa por vocês.

No cubículo, todos os ganchos estão atochados de sutiãs sujos e protetores de algodão usados. Você solta rápido seu sutiã e o pendura de qualquer jeito junto à blusa. Veste o pijamão verde de *mãezinha* e corre para a sala de extração.

| DIARREIA |

Você sempre foi uma criança mulamba.

Dona Fátima bem que tentou manter as mínimas condições sanitárias, mas você era uma rebelde, gostava de correr, comer caquinha de nariz e chupar picolé de saco plástico.

"Cristo, essa menina não tem jeito!", Dona Fátima esbravejava.

Sua irmã era mais limpinha e higiênica. Tinha intolerância a lactose e vivia com diarreia. Em compensação, você comia terra e não dava em nada.

Você achava que os seus anticorpos eram de aço.

| CONTA-GOTAS |

Na sala de extração, de pronto você é tomada pela visão de duas tetas gigantes com aréolas de biscoito de chocolate recheado levantando de uma cadeira. Você se desvencilha da imagem e procura ocupar o lugar liberado.

"Mãezinha, a máscara e a lavagem das mãos!", você ouve a voz grossa da anciã chamando sua atenção.

estúpida

Todas as *mãezinhas* agora te encaram com espanto. Você é uma novata no primeiro dia de aula. O calor da vergonha toma seu rosto.

Você retorna à pia sob o olhar de leoa da professora a te monitorar da porta.

Coloca a máscara, cautelosa, e lava as mãos, obedecendo sua própria regra dos três minutos de escovação. Em seguida enxuga e sai esbarrando nos joelhos das outras *mãezinhas*, que já não ligam mais para a sua presença.

Se apressa em liberar as mamas, abre o kit de higiene e limpa firme os peitos com tufos grossos de algodão.

10 horas e 56 minutos

Sua mama esquerda está mais inchada e brilhosa, por ela que você começa. Encaixa a ventosa e inicia o bombeamento no ritmo lento. Nível três, três minutos. É só aguardar.

10 horas e 58 minutos

O bico do seu peito vai e volta na rolha, pode sentir uma dor discreta. Apesar do zunido das bombas, as mulheres são extremamente silenciosas, é possível ouvir claramente o som rouco do rádio na estação de MPB.

Na cadeira em frente, a mesma mãe de cabelos desgrenhados do treinamento, curvada sob o próprio colo, aperta com força sua teta rósea enorme. Ela comprime o bico invertido com a mão em concha, do jeito que a professora ensinara antes, enquanto empurra firme o mamilo para dentro do encaixe, como se fosse capaz de desinverter a falta de anatomia com os próprios dedos.

Você repara no ambiente: um grupo completo de mulheres cabisbaixas, cervicais curvadas, ombros caídos, toda a atenção voltada para os próprios bustos. Bicos, seios de todos os formatos, soltos e encaixados nos frascos com diferentes níveis e cores de leite, do branco neve ao amarelo coalhado. De repente, a sala adquire uma cor sépia. Todas aquelas mulheres, diferentes, separadas, ao mesmo tempo únicas, reunidas ali em busca de um mesmo objetivo: leite. Uma reunião de servas da maternidade.

Seu frasco está vazio, nada emerge do seu bico. São 10 horas e 59 minutos. Você aumenta a força da bomba para o nível cinco, sente sugadas maiores de dor, a potência faz surgir pequenas gotas espessas na superfície da aréola.

"massageie bem as mamas..."

Toca sua mama, percebe os nódulos doloridos. Está desenvolvendo mastite. Para melhorar sabe que precisa extrair o leite empedrado. Amassa o peito, sente fisgadas. A massagem surte certo efeito, gotas mais grossas, pastosas, porejam do seu bico.

Você observa outra mulher com o frasco preenchido até a metade, um semblante de paz, aguardando completar sua dose. Quando é que você terá aquilo?

Você continua a massagem, enfim algumas gotas espessas de leite caem no frasco. São 11 horas e 3 minutos quando você desiste da mama esquerda e troca para a direita. Na superfície do outro bico porejam gotículas mais claras e fluidas que escorrem e finalmente molham um pouco as paredes do seu frasco.

Seu leite está ralo. É assim, tenta se convencer, seu leite não é fraco, não pode ser fraco, aquilo é o colostro.

De súbito vem a preocupação: será que as cirurgias e as transfusões interferiram no seu leite?

Se aborrece com o próprio pensamento, os efeitos da transfusão e da anestesia já passaram.

Seu leite é extraído com dor. Você se pergunta se a adrenalina também não passaria no leite.

Quanta preocupação, chega! Volta a se concentrar.

A voz melosa da cantora que anda pelo mundo ecoa do radinho. Gotículas esparsas de leite se unem e caem lentamente, começam por fim a cobrir o fundo do frasco. Uma, duas, cinco, dez gotas. Você não tem o que fazer a não ser contar gotas e tempo.

Eu vejo tudo enquadrado, remoto controle...

Aos poucos as *mãezinhas* vão se levantando. Restam você e a mulher do bico invertido.

"Quem ainda vai entregar leite pro próximo horário?", a professora anciã pergunta da porta.

"Eu. Patrícia!", a mulher se identifica.

"E o seu?", Marcela te encara.

Você permanece calada.

Patrícia levanta para entregar o frasco, Marcela ordena que ela deixe no balcão e registre no caderno. A mulher prontamente obedece e sai caminhando encurvada.

Às 11 horas e 18 minutos, você desiste. Vai até o balcão, não marca nível e anota:

4,3 ml

Marcela está na saleta paralela, manipulando frascos. Você dá duas batidinhas no vidro. Ela se assusta, suspira e baixa a máscara.

"Pode deixar aí", diz, levantando o polegar em sinal de positivo, faz um abano e baixa a cabeça.

Você agradece e sai imediatamente.

| SALA DE AMAMENTAÇÃO |

Na disciplina de Pediatria, você passou pelo estágio na sala de amamentação.

O salão era escondido, entocado atrás do auditório do hospital. Uma saleta abafada composta por várias cadeirinhas carcomidas, em quatro fileiras, onde as mães toda semana se sentavam e recebiam orientações a respeito da amamentação.

Muitas delas vinham de longe, cansadas, breadas, porém se acomodavam com gosto nas cadeiras plásticas para demonstrar ao vivo como estavam amamentando em suas casas. Encaixavam as bocas nos bicos, em meio a fraldas e cueiros borrados, e lá recebiam diretamente orientações de você e de outros estagiários e enfermeiras.

Você viu um catálogo diverso de mamas roxas, róseas, marfins, brilhosas e vermelhas. Uma vez viu até uma mama preta de necrose, que precisou ser internada imediatamente.

Às vezes, você ralhava com as mães. Discutia, encaixa melhor, senta direito, ajeita essa posição. Brigava. Elas assentiam, balançavam a cabeça agradecidas.

A sala vivia lotada.

| DOAÇÃO |

Ele procura o setor de hemoterapia da maternidade. Descobre que é do tipo sanguíneo A, o filho é O. Não são compatíveis.

Depois de responder um questionário que inclui todo comportamento sexual, sociológico e ético desde seus tempos de espermatozoide, o marido é liberado para deitar na poltrona semileito para a doação.

Fecha os olhos e estica bem o antebraço.

O que os olhos não veem o coração não desmaia.

| SISTEMA RH |

As hemácias têm uma espécie de crachá.

É o sistema ABO, que determina qual o tipo de sangue pode ser doado ou recebido.

Esse sistema identifica proteínas da sua superfície e diz que hemácia pertence a um certo departamento.

Tem hemácia que é livre, são as do tipo O. Como o office boy do escritório, ela pode correr por todos os setores, é aceita por qualquer tipo sanguíneo.

Já os outros tipos têm marca. As do tipo A só recebem O e A. As do tipo B só recebem O e B. As do tipo AB recebem qualquer tipo.

Para transfundir, as hemácias devem ser compatíveis.

O sistema RH é um outro sistema, de positivo ou negativo.

Quando a mãe e o filho não combinam, o bebê tem a proteína presente e a mãe é negativa, o sistema manda um alerta imunológico para o corpo da genitora, que pode produzir anticorpos contra e recusar a presença das células positivas numa nova gestação.

Existe profilaxia e tratamento. Existe vacina, mas é preciso acompanhar e testar mãe e filho. O pré-natal é fundamental.

O único RH que seu marido ouviu falar até então foi o da empresa dele, que também era bastante complicado.

Nisso vocês concordavam.

| ALMOÇO |

Você aguarda o marido no refeitório-café-restaurante da maternidade. Tenta reservar lugar, está lotado. Escolhe a mesa do canto, jurando que não será incomodada, porém muitas das suas semelhantes pedem licença, sentam, comem e se levantam enquanto você permanece de cabeça baixa, usando o celular como escudo.

Aproveita para atualizar Fernanda sobre as notícias. Ela, sim, cirurgiã pediátrica, entendia bem mais daquele universo júnior, era bem melhor pessoa do que você.

A amiga responde rápido, pede calma e não deixa de mandar o clichê:

> Um dia de cada vez 13:16

Você não tem fome. Por onde diabos o marido anda? Logo se arrepende do aborrecimento, você é uma ingrata, se acalma, ele deve estar doando o sangue de reserva para o filho.

O refeitório-café-restaurante aos poucos esvazia, a funcionária começa a recolher o bufê. Você está lendo um artigo sobre icterícia no prematuro quando é subitamente interrompida por uma voz melada te pedindo licença. Levanta a cabeça: é a loira bochechuda, vizinha da incubadora 8.

"Sim, claro", você responde, apesar de toda a sua vontade de ficar só, cansou de ignorar pessoas, sua cota de ser estúpida já foi ultrapassada.

Ela sorri, as maçãs do rosto emolduram os dentes mais lustrosos da maternidade.

"Qual o seu nome?", ela pergunta, se acomodando na cadeira.

Você fica lisonjeada com o fato de alguém querer saber como você se chama e não te trate como a *mãezinha* de alguém.

"Isadora", você se apresenta, estranhando o próprio nome sair das suas cordas vocais.

"Eu sou a Jeniffer. Prazer, Isadora."

"Prazer, Jeniffer", você ressalta bem o nome dela, em retribuição.

Jeniffer, Jeniffer... Precisa decorar.

"Sou a mãe do Fernandinho", ela diz, fazendo aspas com os dedos enquanto fala. "A gente sempre acaba sendo a mãe de alguém, né?", complementa.

nem me fale!

Você solta um bufo em concordância. Ela ri.

"Você é engraçada!"

"Sou?", você está surpresa. Engraçada é o último adjetivo que você esperava.

"Você é médica, né?"

"Aham. Cirurgiã."

"Imaginei...", ela comenta, ainda risonha, enquanto leva o garfo à boca. "Você é a única das mães que peita a doutora Débora."

"Quem, aquela ruiva escrota?"

ops!

"Desculpa", você pede, dando duas batidinhas na própria boca.

Ela gargalha.

| CANGURU |

O canguru também é um mamífero.

Seus filhotes nascem com dois centímetros e meio.

A fêmea é capaz de engravidar enquanto ainda amamenta o filho na bolsa.

Ela fica com o bebê por cerca de 40 dias dentro da barriga. Depois disso, mesmo ainda não estando totalmente formado, o filhote vai para a bolsa na parte da frente do corpo, onde se alimenta de leite materno até terminar de se desenvolver, o que pode acontecer até 450 dias depois.

Os cangurus podem atingir até três metros de altura.

A mãe-canguru guarda bem o filhote na bolsa e no colo. Alimenta. Espera. Faz de tudo para ver o filhote crescer.

A mãe-canguru tem muita paciência.

| BRANCO |

Você observa atenta o rosto bem contornado da loira que mastiga à sua frente, maçãs do rosto delineadas, pupilas dilatadas na íris verde-clara. Acha curioso ter sido notada. Começa a pensar que cada sala da UTI neonatal é quase um condado.

"Também achava ela meio metida", Jeniffer confessa. "Mas, no fundo, ela é uma boa médica. Sou muito grata, ela me ajudou muito pra que eu conseguisse fazer o canguru."

"Ah, é?", você pergunta, genuinamente interessada.

Jeniffer conta que Fernandinho nasceu com apenas 1347 gramas, um prematuro de muito baixo peso. Desde o início da gestação ele estava abaixo da curva, foi detectado retardo do crescimento. Para ficar de repouso, ela largou o emprego de vendedora e seguiu à risca o acompanhamento pré-natal, tomando os devidos cuidados e as medicações. Mesmo assim, com 31 semanas entrou com um quadro súbito de eclâmpsia e foi submetida a uma cesárea de emergência.

Apesar de pequeno para a idade gestacional, Fernandinho nasceu com os pulmões maduros. Desconfiavam que a idade gestacional dele estivesse equivocada. Ele precisou apenas de um pouco de oxigênio, mas logo saiu dos tubos e hoje completava onze dias de UTI. Estava lá mais para ganhar peso e aprender a deglutir. Ela estava feliz, pois há dois dias ele atingira os 1500 gramas necessários para iniciar o método canguru.

"Nossa, que maravilha!", você comenta, surpresa. Não fazia ideia de que havia peso mínimo para um método que consistia em deixar o bebê debruçado no colo do cuidador.

"Doutora Débora e as meninas me deram muito apoio", a voz embarga. "Sem elas, eu não teria forças para seguir coletando leite", conclui, enfiando outra garfada de frango na boca.

Você se admira com a revelação, enquanto toma calmamente uns goles do seu suco-corante de uva.

"Seu parto foi normal?", ela pergunta.

Você sente uma pontada de dor no seu útero ausente.

"Não, cesárea também."

"Difícil, né? Ficar longe deles."

"Aham...", você resmunga, e em seguida chama a garçonete do café-restaurante-refeitório. Pede um expresso.

"É muito emocionante sentir o calor do filho no colo, sabe?", ela complementa.

sei não

Não pode evitar o amargo da inveja descendo junto com a cafeína.

Volta a observar os olhos verdes encharcados, as bochechas cheias agora mastigando o choro contido. Logo se arrepende, sente dó.

"Eu posso te emprestar a máquina", ela oferece.

Você não compreende, estava ainda absorta com a imagem do seu filho no colo.

"Como?"

"A máquina fotográfica. Eles deixam tirar fotos na visita das 16 horas."

"Ah, sim!"

Você lembra do pequeno surfista tomando banho de luz azul. Sorri.

Relembra então que tem um marido.

"Meu marido vai buscar a máquina em casa", você informa, sem ter certeza.

"Vocês moram perto?"

"Não muito. Mas ele tem que passar em casa de qualquer jeito. A gente tem um gato."

Você pensa no gato, que a esta altura deve estar subindo pelas paredes.

"Qual é o nome dele?"

"Compressa."

O belo sorriso de Jeniffer reaparece.

"Ele é bem branco", você ressalta.

"Você é muito engraçada!", Jeniffer gargalha.

|FUGA|

Você checa as mensagens no celular e desiste de esperar a resposta do marido. Deixa o restaurante-café-refeitório na companhia de Jeniffer. No caminho vocês se separam, ela segue rumo ao lactário enquanto você vai para seu quarto na semi-intensiva.

No corredor, poucos metros à frente, você observa sua médica obstetra entrando no elevador. Desvia ligeirinha pela porta corta-fogo à esquerda.

Vai subir pela escada de emergência.

Bem devagar.

| DESENCONTRO |

Ele sai do banco de sangue zonzo, carregando nas mãos o maço de folhetos com orientações pós-doação.

Apesar de se sentir fraco, não come o lanchinho oferecido pela enfermeira.

Caminha rápido.

Ele te procura no refeitório-café-restaurante, que está vazio. Retorna ao leito da semi-intensiva, ainda a tempo de esbarrar com a obstetra no corredor, que dá ali mesmo a boa notícia, você está de alta para a enfermaria e provavelmente irá para casa no dia seguinte.

Ele agradece, pede licença, entra no quarto e se joga na sua cama.

| CAMA |

No quarto da semi-intensiva, você avista o corpo do seu marido, pálido, esparramado no leito que é seu. Chega até ele, checa o pulso, regular, pergunta se está tudo bem.

Ele grunhe um "Ótimo" abafado pelo travesseiro.

Após se certificar que não há necessidade de manobras de reanimação e que se trata apenas de um caso de fraqueza pós-doação de sangue com jejum prolongado, você levanta o decúbito da cama. Ele senta mais calmo para te dar as melhores notícias: doou sangue para o filho de uma qualquer, pois o sangue dele não é compatível com o do seu filho e, para completar, você está de alta da semi-intensiva.

Na lousa do quarto, a linha de recém-nascido permanece em branco. Agora, porém, ao lado do seu nome está escrito em letras garrafais a palavra ALTA.

Você quer esganar o marido com o travesseiro. Argumenta que ao menos o cabeça-oca poderia ter aguardado sua alta hospitalar para doar, assim ele aproveitaria mais um dia do atestado além da licença-paternidade, que terminaria em três dias.

Diante da ausência de uma resposta lógica ou de contra-argumento cabível, você bufa, mas logo os tremores nas mãos e as têmporas frias dele te preocupam. Você inspira, tenta raciocinar.

Primeiro, pede encarecidamente à enfermeira do andar que providencie algo para ele comer, você já tem um filho na UTI.

São 14 horas e 21 minutos. Ele não tem a mínima condição de dirigir. Vocês têm relatório médico com sessão de fotos às 16 horas, e antes disso você ainda precisa dar um jeito na sua mastite.

Não te resta mais nada a não ser acomodar o homem de um metro e noventa na sua cama-leito, deixar o botão de acionamento da enfermagem nas mãos suadas dele e sair para o lactário.

De repente, uma câmera emprestada não parece uma ideia tão ruim.

|TREMOR ESSENCIAL|

Não foi Dona Glória quem diagnosticou o tremor essencial.

Desde menino, ele tremia para tudo. Acreditava ser um sinal de fraqueza de espírito, menino mole esse. Atribuía os seus tremeliques na hora de entregar o boletim ou de conversas perigosas à sua voz de mãe, grossa como trovão.

Até que um dia ela pegou ele desenhando, sozinho, com traços nervosos, o dever de educação artística.

"Esse menino tem algum problema", pensou.

Coberta de culpa, foi atrás de um bom neurologista, especialista em doenças neurodegenerativas, afinal ela já tinha visto muita desgraça nas criancinhas dos hospitais onde trabalhava.

O velho de bigode branco acalmou o espírito dela, explicou que se tratava apenas de tremor essencial, um tremor benigno, mas que piora com o nervosismo ou com situações de estresse emocional.

"Tem remédio pra isso?", perguntou.

"Tem sim. Posso deixar um propranolol prescrito. Mas o melhor é evitar o estresse e dar carinho. Ele é muito novinho."

Desde então, decidiu controlar a voz do castigo.

| CONSELHO |

Você corre para o lactário, passa em frente ao conforto, onde uma *mãezinha* abocanha um bolo de laranja enquanto outra lê papéis com os pés estendidos num apoio.

Entra no vestiário, se troca e, dessa vez, se paramenta direito. Chega na sala de extração ainda a tempo de encontrar Jeniffer, que bombeia tranquilamente a mama esquerda, a aréola rosada abotoada no frasco quase completo de leite.

Ela te avista e, por trás da máscara, você estima o largo sorriso.

Você se acomoda na cadeira plástica ao lado dela e abre o avental. Ela arregala os olhos verdes ao perceber sua teta esquerda inchada e cintilante.

"Massagem assim ajuda muito", ela orienta, demonstrando os movimentos circulares com a mão espalmada na ponta dos dedos, mas se interrompe: "Ah, quem sou eu, né, desculpa", recolhe os ombros. "Você entende disso."

"Eu sei bem menos do que você imagina, Jeniffer."

Ela sorri. Você imita a massagem do jeito que ela demonstrou. Dor e gozo se misturam em ondas no seu cérebro enquanto você sente os nódulos nas pontas dos dedos aos poucos amolecendo e se desfazendo. O bico do seu outro seio também endurece e molha.

Marcela pestanuda aparece na porta.

"Precisam de ajuda, meninas?", ela oferece, se aproximando.

"Não, valeu, Marcela. Tá tudo bem agora", você responde, conectando a ventosa no bico e fazendo um sinal de positivo. Depois liga a bomba no nível três.

Marcela retorna para trás do vidro.

Jeniffer sorri.

| RENASCIMENTO |

Você e Jeniffer saem juntas do lactário. Você é uma nova mulher após a extração decente de leite. Nunca usou drogas, mas tem certeza que o barato que dá nas pessoas tem a ver com isso que você está sentindo agora: prazer. Jeniffer capta a sua felicidade.

"Sabe, depois de um tempo eu desencanei de ficar entregando leite nos horários", ela comenta. "Eu ficava muito preocupada nos primeiros dias e meu leite não descia. Até o dia em que a doutora Débora me orientou a relaxar. Na pior das hipóteses, eles dariam leite de fórmula e tá tudo bem."

verdade

Você se surpreende ao concordar com as palavras saídas da boca rosada.

"Eles crescem também com fórmula, né?", Jeniffer complementa, afirmando mais para si mesma.

"Mas é sempre bom tentar dar leite do peito", você mediuniza o espírito das professoras de pediatria baixando no seu corpo.

"Só quero que meu filho saia vivo daqui. Não importa o leite", Jeniffer fala ríspida.

eu também

Neste instante você ouve o coro de todas as vovós, sogras, titias e parentes das pobres mães nos estágios de pediatria argumentando que leite de vaca nunca matou ninguém, o meu menino cresceu forte, esse moleque precisa engordar um pouco, dá um mingau para ele, enquanto, do outro lado da arena, escuta o eco das professoras de pediatria demonstrando os inúmeros benefícios do aleitamento materno enquanto repassam todo o arsenal terapêutico de novas fórmulas infantis disponíveis no mercado.

"Ele vai sair", é o que resta dizer, em sinal de apoio.

Você muda de assunto, pergunta se ela vai fazer canguru às 16 horas. Ela nega, triste. Diz que é a vez do Marcos.

quem é Marcos?

"Seu marido?", você pergunta, já tendo notado a ausência de aliança.

"Não, não. É... complicado."

Segundos de silêncio hermético se instalam. Você respeita.

Relembra, então, do seu marido ainda desacordado no leito. São 15 horas e 47 minutos. Não dá tempo de resgatá-lo.

"Vamos pra UTI?", você a convida.

Saem juntas para o relatório.

puerpério *s.m.* ⊙ ETIM latim *puerperĭum* – "parto", "recém-nascido"

1. MED Período que decorre desde o parto até que os órgãos genitais e as condições gerais da mulher estejam normalizadas.

2. Conjunto de sintomas que ocorrem durante esse período.

3. O resto da vida de uma mãe traumatizada no parto.

| FOTO |

Vocês atravessam a sala 6 e, ao passar pela incubadora úmida, Jeniffer comenta:

"Parece uma estufa."

"E é mesmo", você explica. "Serve para prematuros extremos, que não conseguem controlar a própria temperatura."

"Que horrível. Não dá nem pra ver o filho direito."

Você concorda.

podia ser pior

Chegam nas respectivas incubadoras. Débora e sua boca laranja circulam pela sala como uma praga, ela não sai nunca daquela UTI.

No seu relatório ela acrescenta poucas novidades. Seu filho permanece intubado, com dose baixa de droga vasoativa, ainda com icterícia, a bilirrubina não caiu, permanecerá em fototerapia por pelo menos mais um dia. Você tenta permanecer tranquila, sabe que a bilirrubina não cairá tão rápido. Fica feliz que ele não vai precisar de transfusão por ora e que a infecção está estável.

"Conseguiu coletar algum leite?", Débora interroga.

"Sim!", você responde alto.

"Ótimo", ela diz enquanto se afasta rumo à incubadora 8 para atormentar desta vez o tal Marcos, um homem alto e risonho que comparece para o método canguru.

Você retorna a atenção para o seu menino, que continua em pose de surfista.

De canto de olho, espia Marcos retirando o paletó e se acomodando na poltrona de couro preta, enquanto Jeniffer tira fotos do filho ratinho. Marcos se senta, abre os botões da camisa azul e mela o tufo irregular de pelos espaçados do tórax com álcool gel.

Verônica e a fisioterapeuta abrem a nave espacial de Fernandinho, sob a fiscalização do nariz empinado de Débora, e o posicionam no peito de Marcos, embrulhando o bebê com uma faixa, num pacotinho. Marcos encosta o queixo no filho, sorrindo.

Jeniffer se aproxima de você com a máquina.

"Quer tirar uma foto?", oferece.

Você aceita, eufórica. Pega a câmera, não olha através da tela, fecha o olho esquerdo e mira seu filho pelo pequeno visor. Encaixa a imagem do corpinho azul de óculos de sol no quadradinho.

"Sorria, Leonardo!", o coração de vocês dois dispara.

Você tem sua primeira foto oficial.

|ROUPA LIMPA|

Você retorna para a enfermaria flutuando. Mal pisa no andar, ouve o berro da técnica de enfermagem.

"Doutora, a senhora precisa tomar seu remédio!"

A enfermeira contorna o balcão, correndo atrás do seu rastro com a pílula e um copo d'água na mão.

Você para e suspira.

Precisa tomar a medicação para se acalmar, para se manter firme, para seu leite descer, para você se transformar numa boa menina.

Pega o comprimido e toma de um gole só.

"Seria bom também se a senhora pudesse se organizar para a transferência", ela solicita, receosa.

"Vou providenciar", você responde, entrando no quarto.

O marido ainda está na mesma posição que você o deixou, pescoço estirado e boca aberta.

Você começa a arrumar as malas sem se preocupar em conter qualquer barulho.

Ele acorda espantado. Olha para o relógio.

"Por que você não me chamou?", reclama.

"Não deu tempo."

Ele levanta da cama e começa a ajudar.

"Acho melhor você ir pra casa", você aconselha.

"Não vou te deixar sozinha."

Você argumenta que ele precisa pegar a máquina fotográfica e roupa limpa, seria bom pra sua reputação médica parar de andar de roupão estampado pelos corredores.

"Além disso, uma boa noite de sono não te faria mal."

"Não."

"Também precisa ver o hotel..."

"Fecho outra hora."

"E o Compressa?", sua cartada final.

Ele lembra do gato.

"Eu estou bem", você reforça.

"Tá bom. Venho amanhã bem cedo", ele suspira, fechando a mala.

baby blues *loc.*

1. Estado emocional de tristeza leve e passageira, comum nos primeiros dias após o parto, que dura até duas semanas.

2. Reação natural que afeta até 80% das mulheres em puerpério, típico de uma mãe recém-nascida que acabou de ser arregaçada por um parto.

3. Sintomas: choro fácil, irritabilidade, insônia, cansaço e oscilações de humor, típico de quem não dorme, não come e não vive na ocasião dos cuidados de um bebê.

depressão pós-parto *loc.*

1. Estado de tristeza mais intenso e duradouro que o baby blues, prejudicando e comprometendo o vínculo afetivo entre a mãe e o bebê, exigindo tratamento.

2. Estado depressivo que atinge uma a cada quatro mães no puerpério, mais comum nos seguintes fatores de risco: alterações hormonais, mães com intercorrências no parto, mães sem rede de apoio, mães de prematuros ou mães vítimas do típico golpe "toma que o filho é teu".

3. Sentimento de culpa e/ou incapacidade e sensação de insuficiência constantes incutido na mãe, geralmente ocasionado por vozes externas e pressão social.

4. Motivo de choro prolongado em muitas mães pelo mundo.

|ALTA|

Vocês se arrumam rápido e ainda assim são obrigados a aguardar a disponibilidade da cadeira de rodas.

"Não faz sentido", você esbraveja, argumentando que anda o dia inteiro feito uma barata tonta, mas para a transferência de setor precisa ser tratada como inválida.

Relembra da *mãezinha* de bota ortopédica.

"Tiram um funcionário do andar e ainda ocupam uma cadeira sem necessidade."

"Regras da instituição", a enfermeira fala com ar de autoridade.

A cadeira chega, você senta de braços cruzados, é empurrada pelo marido, acompanhado da técnica, que carrega sua pasta prontuário debaixo do braço.

Progressivamente, o corredor sofre a transição. As portas vão sendo preenchidas com adornos coloridos, balões e mais enfeites.

Passam em frente a uma parede que é metade de vidro, é a janela para o berçário daquela ala.

Você se estica para espiar lá dentro, há duas fileiras de berços vazios.

"Essa hora todos estão nos quartos", a técnica informa.

Vocês escutam um choro abafado vindo de trás de uma das portas.

"Tô indo no leito 51", outra técnica passa, afobada, avisando a que te acompanha.

"Tem alguém em apuros", o marido comenta.

Chegam no quarto novo. A sua porta é a única do corredor sem bibelô.

Você se levanta com má vontade e entra de supetão. Dá três passos e estanca ao ver o berço vazio ao lado do leito.

O marido alcança a sua mão.

"Não quer mesmo que eu durma aqui?", ele pergunta.

Você olha para o sofá-cama, bem menor que o do outro quarto.

"Não, eu tô bem", você aperta a mão gelada dele e larga.

Começam a reacomodar seus poucos objetos, terminam em minutos.

Ele pega a mochila de trabalho. Você se deita na cama de costas para o berço vazio. Ele senta na beirada, ao seu lado, te observando.

"Quer que eu peça pra tirar isso daqui?", pergunta, indicando a lateral da cama.

"Não", uma lágrima quente escorre no seu rosto. Você a enxuga com o dorso da mão e senta.

"A gente vai ocupar o nosso berço, Leônidas", você fala com convicção, apertando a mão dele. "Vai chegar o nosso dia."

"Vai, sim, amor", ele assente, enquanto limpa seu rosto com o polegar.

um dia de cada vez

"Vou esperar você dormir pra sair", ele diz, indicando a cama.

Você deita, ele faz cafuné na sua cabeça.

| JARRO DE VIDRO |

Existe a lenda do jarro de vidro sobre a ocupação do tempo e espaço.

Um velho sábio mostra ao discípulo um jarro de vidro, que preenche com grossas pedras. Ele pergunta ao jovem se ainda resta espaço. O discípulo responde que não.

Então o sábio pega uma porção de pedras menores e joga no interior do frasco, e elas caem por entre as pedras maiores.

Pergunta novamente se ainda há espaço. O discípulo não responde.

O sábio então completa o jarro com um punhado de areia. Volta a questionar:

"Tem espaço?"

O discípulo se engasga.

O velho pega agora um copo d'água. Enche o frasco, que transborda.

"Coloque no pote primeiro as coisas mais importantes. Se mudar de ordem, não cabe. Se o copo transborda, vão-se embora as coisas pequenas, as que não valem."

|RODINHA|

Você acorda disposta, sem despertador. Será um dia bom, você decide. Sente as mamas cheias, não mais doloridas como antes. Toma uma ducha quente, esguicha a torrente morna nos seios mais macios e até lava a cabeça, esfregando o xampu lavanda no couro cabeludo com a pontinha dos dedos.

Veste uma calça e experimenta de volta a sensação de ter um tecido entre as coxas. Sentada na cama, calça o tênis e, enquanto amarra o cadarço, atenta para o quadro de identificação:

RN: *de Isadora Cristo*

é isso!

De repente se dá conta mais uma vez: seu filho não tem nome.

Seu filho não tem nome. Não oficialmente. Ele não tem registro.

Seu filho é um recém-nascido em seu nome, porque não tem nome próprio. Não tem documento, não tem quadro na sua porta que o anuncie, não tem pelúcia com nome grafado, não tem balão. Como exigir que ele seja mencionado?

Por isso as enfermeiras não chamam ele de Leonardo. Não há como saber um nome que não foi escrito.

Você liga imediatamente para o marido, que obviamente não te atende. Chega a mensagem:

> Dirigindo 06:26

Decide não importunar, quer evitar acidentes.
Desce para o café-restaurante-refeitório e acaba esbar-

rando com a *mãezinha* fraturada. Como é mesmo o nome dela? Começa a achar uma boa a ideia as mães terem crachá.

"Bom dia", você a cumprimenta, simpática. Entram juntas na fila do caixa.

Ela sorri, mostrando a pulseira borrada para a funcionária do balcão, que libera os tíquetes de refeição.

"Me desculpe, esqueci seu nome", você confessa, envergonhada.

"Cristiane! Tudo bem, também esqueci o seu."

"Isadora."

Vocês riem.

Sentam para o café, sua curiosidade cutuca, você pergunta o que aconteceu com a perna dela.

Ela relata que teve um acidente de moto com o marido uma semana antes do parto.

"Sorte que a moto caiu só em cima do pé, e não da barriga", fala, com alívio.

Cristiane precisou de cirurgia no tornozelo, ficou internada uma semana após a fratura e chegou a receber alta, porém, menos de um dia depois, entrou em trabalho de parto prematuro.

O filho, Igor, estava bem. Nasceu pequeno, 35 semanas, um bebê de baixa estatura, e acabou ficando na UTI, pois descobriram um buraquinho no coração que aumentava a pressão no pulmão.

"Os médicos estão avaliando se ele vai precisar de cirurgia", ela fala com tranquilidade.

Você se surpreende com aquela calma ao revelar um quadro de hipertensão pulmonar com indicação de cirurgia cardíaca. Pensa em como a ignorância pode, por vezes, ser uma bênção.

Tatiana e sua amiga com olhos de raposa aparecem e se acomodam em outra mesa. Elas cumprimentam de longe, simpáticas. Jeniffer chega, você a convida para sentar. Você as apresenta.

"Ah, já nos vimos por aí", afirma Cristiane.

Tomam café com cheiro de amizade.

| CHÁ DE REVELAÇÃO |

Você e Fernanda eram unha e carne na residência médica. Ela era a unha brilhante, bem pintada e polida, e você o leito ungueal, aquela cutícula grossa, carnuda e espessa. Da turma de vinte residentes, eram as únicas mulheres solteiras. Unidas, vocês eram a resistência.

Um dia, uma das colegas engravidou. Vocês compareceram juntas ao chá de revelação.

Estouraram o balão com confetes cor-de-rosa. Comeram bolo glacê. Parabenizaram os donos da festa, que comemoravam a escolha da cor do enxoval.

Depois de uns goles de vinho, o marido da gestante perguntou quando vocês iam desencalhar. Você quis esfregar a fatia do bolo pink na cara dele.

Meses depois, os dois se separaram. O rapaz largou a colega para morar com um primo. A moça casou de novo e teve outro filho.

Desta vez era menino.

SEXAGEM

Os órgãos genitais do feto surgem por volta da 8ª semana, mas só se definem mais tarde, aparecendo no ultrassom obstétrico por volta da 13ª semana.

No início, a imagem confunde. É por isso que, quando feita com a gravidez mais evoluída, se tem maior índice de certeza.

Tubérculo genital de verdade só aparece depois de três meses.

Existe um teste chamado sexagem fetal, que pode ser feito a partir da 8ª semana e consiste em caçar nas células da gestante rastros de cromossomo Y, detectando sua presença precocemente.

Tem um outro teste, bastante eficiente, que mostra com 100% de eficácia se o bebê vai ser menino ou menina.

Chama-se vida.

| BOLO |

Você apressa as colegas, quer passar pelo lactário antes da visita. Cristiane vai direto para a UTI, ela já está amamentando Igor no peito. Você sente aquela mistura estranha de inveja e contentamento. Retira a bandeja da mesa e sai com Jeniffer, antes de Tatiana e a amiga escudeira terminarem o café.

Você e Jeniffer entram no lactário sem assinar a lista, chegaram antes da manutenção. A mesma morena de ontem está no conforto, sentada na mesma poltrona, lendo papéis. Não fosse pela blusa diferente, você poderia jurar que ela havia passado a noite ali.

Se trocam no vestiário. Antes de guardar o celular, você ainda liga novamente para o marido, que não atende. Manda mensagem, ele recebe a notificação, mas não visualiza.

Entram, se acomodam e começam a extrair leite. Poucos rostos conhecidos cruzam pelas cadeiras de plástico enquanto vocês gotejam seus bicos, felizes, ao som rouco de MPB.

Você já não memoriza a dose coletada, só sabe que encheu mais da metade de um frasco. Seus peitos jorram, agradecidos.

Jeniffer segue para a UTI, quer tirar fotos novas antes do canguru da manhã. Você prefere aguardar o paradeiro do marido desaparecido por ali, se despedem na entrada do lactário.

Você retorna ao conforto apenas para passar o tempo livre.

A esbelta morena dos papéis te enxerga, sorri e cumprimenta. Você retribui o gesto enquanto flerta com a abundância de comidinhas do balcão. O bolo de laranja com cobertura de chocolate cintila, tentador.

Não resiste, pega um pedaço. Ao cortar a fatia, nota uma folha de papel deixada ao lado.

É uma carta.

Oi, meninas, mamães, mulheres guerreiras e de fé!

Chegou o grande dia, tão esperado por todas nós.
Foram 113 dias de muita fé que a vez da Manuzinha chegaria e enfim chegou.
Nesse período essa rede de apoio formada por vocês, mamães, cada história compartilhada me ajudou a passar por esses dias mais leve, afinal mãe de UTI vive numa montanha-russa.
Obrigada por fazerem parte dessa linda trajetória.
Hoje volto para Manaus uma nova pessoa, uma pessoa muito melhor.
Aqui está uma lembrancinha para adoçar um pouco o dia de vocês.
Continuem contando com as minhas orações, acreditem que vai dar tudo certo.
Fiquem firmes e fortes!
Se cuidem.

Joana, Thiago e Manoela

Você mastiga o bolo feito à base de xícaras de dor, colheres de aperreio, amor e esperança, fermentado e assado em cento e treze dias de angústia.

"Aproveita que não é todo dia que tem bolo com calda!", a morena dos papéis sorri, colocando uma mecha dos cabelos pretos grossos atrás da orelha. Você sorri de volta e pergunta se todas as mães costumam deixar alguma coisa.

"Normalmente sim. Nem sempre é bolo, mas no mínimo tem cartinha", ela mostra os papéis que segura.

Você senta ao lado dela.

"Sempre venho aqui quando tô desanimada", diz, folheando o maço de cartas.

"Você tá aqui há quanto tempo?"

"Quarenta e nove dias."

"Qual o seu nome?"

"Jéssica. Sou mãe da Vitória", fala em tom leve.

Jéssica então conta sua história: Vitória nasceu de 25 semanas, um trabalho de parto brusco por eclâmpsia. Num dia comum, estava tudo bem, ela voltava do supermercado quando, do nada, teve um mal-estar e a pressão alterou. Veio desesperada, não se lembra de nada, apenas que chegou e fez uma cesárea de emergência. Como Vitória era muito prematura, muita gente nem acreditava que ela sairia viva, de tão pequenininha que era, nasceu com 746 gramas. A família toda dizia que ela ia morrer, tem gente que até parecia torcer pra isso, não acreditavam, não comentavam diretamente, mas estavam todos com medo que ela ficasse sequelada. Só que a equipe médica era muito boa, todo mundo fez de tudo pra que ela sobrevivesse, ficaram em cima, e até agora Jéssica não acreditava no milagre que era a sua filha ter chegado às 32 semanas.

"Como ela está?"

"Ótima. Acho que essa semana ela sai da incubadora úmida."

Você engole a seco.

Ela continua a comentar sobre os avanços de Vitória enquanto prende os sedosos cabelos longos num coque alto.

Seu celular toca, é o marido, ressurgindo das cinzas.

"Me desculpa, preciso atender."

"Sem problemas, vai lá!", ela sorri e calmamente estende os pés no apoio, retomando a leitura das cartas.

"Volto mais tarde", você promete.

eclâmpsia *s.f.* ⊙ ETIM grego *éklampsis* – "acontecimento súbito" + ia

1. Afecção grave que geralmente ocorre no final da gravidez, associada a aumento da pressão arterial e convulsões, devido ao estreitamento dos vasos da placenta e à diminuição do fluxo de sangue, o que causa estresse oxidativo e libera substâncias tóxicas para a gestante.

2. Como um "relâmpago em céu sereno", ataque rápido, como um raio de luz, súbito aumento da pressão arterial da grávida.

3. Raio imprevisível, porém bastante comum, acometendo até 10% das grávidas, sendo a principal causa de mortalidade materna.

|DPP 2| *sigla* Data Provável do Parto

É possível estimar a data em que o bebê vai nascer. A gestação humana dura em média 40 semanas. Duzentos e oitenta dias.

A tabelinha corrida do calendário calcula as semanas de idade gestacional (IG) a partir da data da última menstruação (DUM). Porém, é estimativa.

Uma coisa é certa: você pode fazer as contas. Tentar prever a semana do parto normal. Fazer pilates, ioga, se esticar na bola, fazer treino pélvico. Agendar a data da cesárea, combinar com o fotógrafo e o anestesista. Tentar, de todas as formas, regular as leis da probabilidade, do caos e da incerteza.

Mas Medicina não é matemática. Pascal e Fermat não eram obstetras.

Há outra lei universal, bem conhecida no meio acadêmico, que diz:

> "Tudo o que puder dar
> errado, um dia, dará."
> — LEI DE MURPHY

Murphy era engenheiro.

| INTERDITADA |

Você corre para o café-refeitório-restaurante disposta a fazer picadinho de marido. Ele vem na sua direção, tremendo, todo contente, te abraça e conta que Compressa passa bem, ainda está vivo.

"Desculpa a demora, amor, fui resolver um negócio urgente", diz, orgulhoso, abanando duas folhas de papel na mão.

Você vê um pezinho carimbado numa folha e na outra lê:

CERTIDÃO DE NASCIMENTO

Seu filho tem nome. Sem sobrenome Cristo.

Você amassa o marido. Bem forte.

Chegam na UTI de mãos dadas. Na entrada, recebem a notícia que a visita deverá ser rápida, a sala 7 será interditada em breve.

Você sabe que interdição em UTI é eufemismo para cagada.

Percorrem apressados os corredores de vidro. Ao atravessar a sala 6, você não deixa de espiar a incubadora úmida, os parâmetros de Vitória estão estáveis.

"Não é com ela", pensa com alívio.

Na sua incubadora, Leonardo permanece plácido, ainda com a venda em formato de óculos, deitado de lado. Está sem o tubo, agora mantém o sistema CPAP encaixado no nariz.

"Tirou o tubo!", você comemora.

O marido estranha o novo aparelho no rosto do filho.

Você checa os controles, estáveis. Nota uma bomba de infusão a menos.

"Saiu da droga", Verônica sussurra no seu ouvido.

uma coisa a menos!

O marido sorri. Você abraça ele, serena, porém, ao olhar para a incubadora 8, em frente, vê um lençol branco e liso reluzindo. O espaço da poltrona ao lado está vazio.

"Cadê o Fernandinho?", você grita, se desvencilhando.

"Tô aqui!", Jeniffer responde do canto oposto da sala.

Uma nova onda de alívio te toma, você vai até a incubadora 1, ao lado da entrada, com as pernas ainda bambas.

"Tudo bem, amiga, tô mais perto da saída agora", ela brinca.

Você a segura pelos ombros e a abraça.

Verônica pede calma, explica que apenas mudaram os bebês de lugar para organizar a chegada de um parto gemelar.

"Os gêmeos têm que ficar lado a lado", ela esclarece.

Só então você repara na incubadora 6 também lisa e arrumada.

Roberta entra para o relatório, informando que a visita precisa ser mais rápida.

Jeniffer é a primeira a receber as notícias, que você também escuta: Fernandinho foi liberado pela fonoaudióloga para a primeira amamentação.

Leonardo também apresentou grande melhora. Saiu da droga vasoativa, o leuco, o PCR e a bilirrubina caíram e o ecocardiograma não mostrou alterações. Estava sem sedação, no CPAP para manter o desmame de oxigênio. Seu peso também evoluía, ganhou 13 gramas. Roberta manteve a dose de leite anterior, ele já estava na fórmula.

"Mas vá se preparando para amamentar", ela aconselha, animada.

Verônica se aproxima e dá os parabéns. Leonardo se agita. Ela passa álcool nas mãos e verifica: é fralda cheia. Ágil, pega uma fralda no balcão, higieniza as mãos e faz a troca em poucos segundos. Você observa.

"Quer tocar nele?", ela oferece.

"Posso?"

"Mas é claro!", responde, como se fosse óbvia a ideia de você tocar no seu filho.

Suas mãos nunca haviam entrado na incubadora.

Você imita Verônica, esfrega álcool gel nas mãos e se posiciona na lateral do leito. Ela circunda a incubadora e introduz as mãos nas portinhas opostas. Devagar, segura o CPAP com uma mão, enquanto muda o eixo do corpo de Leonardo com a outra, deixando ele de barriga para cima. Sinaliza para que você se aproxime.

Você esfrega suas mãos gigantes e frias e as insere nas janelas ovais. Sente na superfície da sua pele o ar quente interno. Com receio, toca a palma de Leonardo. Seu indicador é agarrado por toda a mãozinha dele. O batimento cardíaco dispara, ele se remexe discreto e grunhe um pouco.

"Tenta pegar ele de conchinha, assim", ela demonstra as duas mãos em concha, uma de frente para a outra, na cabeça e no fundo da fralda.

como o útero

Você encaixa suas mãos em concha, envolve o crânio e recolhe as pernas e os pés, tentando ser delicada ao máximo e ao mesmo tempo firme. Consegue sentir o calor do pequeno corpo emanando nas suas palmas.

"Isso mesmo!", Verônica elogia.

Ele se acomoda, os batimentos acalmam. O marido lança um largo sorriso.

Você não tem útero, mas relembra: você ainda tem mãos.

| ESPELHO |

Vocês deixam a UTI juntos, nunca estiveram tão contentes com as notícias. Jeniffer fica para tentar canguruzar no horário das 10 horas.

Na saída, veem um casal cercando os bancos em frente ao mural de fotos. Uma mulher de vestido preto solto está sentada, curvada, de costas para o quadro. As mechas lisas ocultam seu rosto. Ela chora manso a cada inspirar, o companheiro, agachado à sua frente, faz carinho em seus cabelos.

O rapaz vê vocês, sussurra algo, ambos levantam e seguem cabisbaixos corredor adentro, de mãos dadas.

O casal passa, vocês enxergam alíquotas da própria história atravessando ali. Porções de passado e futuro, rondando pelos corredores da maternidade, em espelho.

Retornam para o seu leito. As roupas limpas estão dobradas em cima da cama, ao lado da máquina fotográfica.

Ele comenta que precisa trabalhar um pouco. Suas mamas estão estufadas, pedindo para recolher leite. Marcam de se encontrar no almoço exatamente quando a sua obstetra entra.

"Bom dia, Isadora", cumprimenta sorridente, ajeitando o cachecol no pescoço.

Você sabe que terá alta, mesmo assim deixa que ela siga o protocolo: deita para que examine a cicatriz, depois os seios, toque, comprima e aperte os bicos de leve.

"As mamas estão bombando!", comenta, feliz.

Anuncia oficialmente a alta, sem pressa, podem esvaziar o quarto até o fim do dia. Sai batendo as botinhas de cano alto.

Vocês readaptam os planos: o marido tentará dar entrada no hotel enquanto você recolhe tudo para mais uma mudança.

Ele sai apressado, você aciona logo a enfermeira, caso precise da cadeira de rodas.

| CORTE |

No hotel ao lado da maternidade, ele fecha o pacote para três dias. Irá renovar conforme a necessidade.

No retorno, reconhece na calçada um casal se abraçando. São Jeniffer e Marcos, a cabeça loira dela encostada no peito dele, chorando.

Ele passa como quem não vê nada, reencontra você no leito e fofoca sobre o que acabou de ver. Você não se admira, relacionamentos são mesmo complicados, melhor ele não meter o bedelho.

Recolhem seus pertences. Antes de deixar o quarto, você ainda olha pela última vez o berço vazio ao lado da cama e fecha a porta com força.

Não precisam esperar a cadeira, graças a Deus finalmente utilizará suas pernas para deixar a maternidade. A enfermagem libera sua saída sem maiores dificuldades. Entregam os papéis de alta, o marido assina com a letra tremida no balcão.

Ele agradece às funcionárias, vocês se despedem e seguem acompanhados de uma das técnicas. No corredor, ao passar pela janela de vidro, você é tomada pela cena mágica: uma chuva de pequenos seres humanos vivos e saudáveis no berçário da enfermaria.

Você estanca. A vitrine de bebês é uma sortida amostra de cores, estilos e bochechas. Perninhas e bracinhos, parrudos e magrelos, se agitando, parados, grunhindo, abanando. Você encosta a testa no vidro e observa por alguns segundos. Verifica que realmente existem rostos de bebês sorridentes naquele lugar.

O marido te puxa pelas mãos, vocês seguem. Chegam à recepção principal. Você mostra a folha de alta para o guarda, que pega seu punho e corta apenas uma das pulseiras, mantendo a pulseira mais suja, aquela borrada, que contém seu nome e o código de barras.

Você sai da maternidade.

Seu filho fica.

dor *s.f.*

1. MED Sensação penosa ou desagradável produzida pela excitação de terminações nervosas sensíveis a esses estímulos.

2. Estado espiritual de decepção, desgosto ou desgraça; sofrimento moral; dissabor, mágoa originada por desgostos do espírito ou do coração.

3. Tudo o que incita a vontade de gritar "Ai!".

4. Sofrimento causado por decepção, desgraça, morte de um ente querido.

5. Sentimento de quem lamenta dano causado a outrem ou a si, um erro, uma falta; arrependimento, remorso, pesar.

6. Sentimento de pena em relação a alguém ou a si mesmo; comiseração, dó, piedade.

7. Em uma UTI: todas as anteriores.

| QUEIMADURAS |

Nos plantões de cirurgia você também prestava socorro aos queimados.

Queimadura é um trauma. Geralmente da pele, superficial ou profunda, e pode ter repercussões severas.

Há vários tipos. Desde a queimadura besta, de sol, passando pela queimadura térmica, pela queimadura química, de corrosivos e a elétrica, que engana, destrói os órgãos por dentro sem deixar grandes rastros ou marcas na superfície.

A gravidade se dá pelos graus. São quatro. Cicatriz feia na pele fica a partir do segundo grau profundo.

Você atendia trauma em adultos. Mas, na maioria das vezes, os acidentes de queimados envolviam crianças.

Durante o estágio da Plástica na residência médica de Cirurgia, você e Fernanda se estranharam um pouco. Enquanto você observava desconfiada aquelas pequenas múmias embalsamadas com a pele toda caniçada por debaixo das faixas, Fernanda adorava raspar e fatiar as perninhas e bracinhos para depois recobrir com os enxertos as feridas queimadas, transformando elas em tigrinhos.

Você se aborrecia com aquilo tudo pequenino, fino e delicado. Nunca havia uma veia grossa boa ou um pedaço de pele espesso, faltava gente capacitada, sobrava choro, berreiro e escândalos no andar.

Fernanda chacoalhava o bichinho do estetoscópio e brincava com as crianças. Você não conseguia nem olhar.

Odiava ver criança chorando.

| AGITO |

A porta automática da maternidade se abre. A baforada de ar quente sopra no seu rosto. O sol da tarde incide diretamente na sua pele. Você saiu da cela, foi liberada para um banho de sol.

Nota pessoas caminhando com pressa, carros circulando na rua, a metrópole em movimento. Lembra que há vida lá fora, que parece não mais te pertencer. Você é uma extraterrestre.

Caminha alguns passos junto ao marido, avista a fachada cimentada do hotel quadrilátero, suspira e entra.

A recepção é escura. Dentro do edifício, o ar é cinza. Preenchem a ficha de cadastro e sobem para o quarto, extremamente simples e limpo, uma cama confortável onde cabem os pés do marido.

Acomodam suas poucas peças com esmero, gastam o tempo.

No meio das tralhas, você identifica a câmera fotográfica. Pega na bolsa o chip de fotos emprestado por Jeniffer e seleciona a imagem do seu surfista fluorescente. Uma lágrima cai enquanto você sorri.

Próximo ao meio-dia, descem para a área comum do hotel, resolvem almoçar ali mesmo. Vão esbanjar, encher a pança com um manjar mais digno que a comida do hospital.

Almoçam sossegados e por um instante relembram a vida de casal antes da gravidez, do caos, de ter um filho, sentem falta disso, talvez devessem repetir mais vezes.

A conta chega, logo se arrependem da graça, o frango mirrado do hotel é do preço de filé mignon. Você até sente falta da companhia das suas semelhantes.

Ele precisa trabalhar um pouco, vai ficar no hotel, tentando captar uma rede de internet menos indecente. Você precisa coletar leite e quer aproveitar para rever o filho.

Se despedem com um selinho úmido. Ao passar pela entrada da maternidade, você repara com mais atenção na imensa loja de artigos para bebês ao lado das catracas. Acessórios, roupas, flores e brinquedos variados, produzindo, inclusive, placas com nomes sob encomenda. O preço é abusivo, mais alto que de shopping.

Exibe a pulseira borrada na porta da UTI, o guarda mal olha e permite a passagem. Anda com liberdade pelos corredores.

Na sala 7, percebe a agitação. As incubadoras 6 e 8 já estão ocupadas, os novos bebês chegaram. Um rapaz bombado está entre elas, com as mãos no bolso, atarantado.

"Qual o nome do primeiro mesmo?", você escuta uma das técnicas cochichar à outra, com o quadro de identificação em mãos. Você tem certeza de que é neste exato momento que se trocam todos os nomes dos gêmeos do planeta.

Os gêmeos não são nada idênticos. Um deles é rechonchudo, de coxas gordas, está livre de dispositivos. O outro, mirrado e vermelho, está com o aparelho de CPAP encaixado no nariz e de sonda.

O rapaz claramente não sabe onde ficar. Alterna o olhar entre uma incubadora e outra.

coitado

A fisioterapeuta chega e ajusta os parâmetros do ventilador do bebê da 6, que dorme profundamente. O irmão ao lado, ao contrário, sacode os braços e as pernas, chorando, agitado. Uma das técnicas corre para socorrer o que chora, o pai permanece estático, com cara de quem viu a morte passar.

Leonardo também se agita, a frequência cardíaca aumenta.

Você caça uma das técnicas, todas estão ocupadas. Passa álcool gel e transpassa as mãos pelas portinholas, encaixando uma em posição de concha no gorro e deitando a outra sobre o peito dele, tomando cuidado com o sistema encaixado no nariz. Ele tremelica um pouco, sossega o corpo, mas permanece agitando levemente a cabeça de um lado para o outro, procurando. Você teme que ele desacople o CPAP ao se mexer muito e, num instinto, enfia o dedo mindinho na boca dele, manobra que aprendeu na pediatria. Ele alcança seu dedo, suga e se acalma ao chupar.

A sala ainda está agitada quando Roberta entra acompanhada da enfermeira-chefe, a baixinha com ar de Dama de Copas. Ambas tentam acalmar os ânimos do homem-fantasma durante o relatório de admissão.

Os bebês são gêmeos de síndrome de transfusão feto-fetal. O primeiro, Bernardo, está bem, é o bebê grande e desenvolvido e deve ter alta em breve. Porém Benjamin, o menor, precisará de mais cuidados na UTI, não sabem dizer por quantos dias.

O pai-fantasma mira o horizonte, não parece escutar uma palavra do que Roberta lentamente fala. Ela continua a explicar as providências tomadas com Benjamin, o homem, refratário, continua a olhar o bebê mirrado, inconsolável.

Você deixa a UTI neonatal um tanto perturbada. Manda mensagem para Fernanda e para o marido. Ninguém responde. Você não insiste, as pessoas trabalham, você é uma inútil. Decide coletar leite e ver se encontra Cristiane ou Jeniffer.

Para variar, a sala está em manutenção.

Entra no conforto, se aproxima da mesa de vidro, nossa Senhora das Graças te contempla, melancólica. Você ocupa o lugar ao lado da mesa e vê o maço de papéis entulhados na pasta preta.

Pega a pasta. Abre.

Diante de você emanam diversas cartas.

Você percorre aquela série de escritos. E-mails, post-its de tamanhos variados, bilhetes e cartas. Muitas cartas, a maioria escritas à mão.

Meninas,
Finalmente chegou nossa vez!
Minha filha Beatriz nasceu de 32 semanas,
foram 47 dias de U...

Meninas,

Depois de 21 dias chegou a vez do Martin ir para casa. Continuem com essa força imensa, fé, e logo logo vocês estarão em casa com seus bebês.

HOJE CHEGOU O DIA DA PEQUENA MARIA HELEN E LOGO CHEGARÁ O DIA DE VOCÊS! FORAM 3 MESES DE LUTA, E NESSE TEMPO TIVE A SORTE DE CONHECER E COMPARTILHAR IDEIAS COM PESSOAS INCRÍVEIS COMO VOCÊS

Para as guerreiras que tive o
privilégio de conhecer
Hoje é o dia do Luca voltar
para a casa.

Meu anjo Rafaela se foi, mas
Raquel permaneceu...

Minha gestação foi tranquila
Tive uma emergência
Sempre sonhei em ser mãe
28 semanas e 975 gramas

Lê algumas histórias. Se perde nas narrativas. Começa a notar a presença de palavras repetidas:

                    Fé
              Força
       Guerreiras
                    Deus
             Semanas
                        Gramas
      Dias

"Tudo bem?", uma voz grossa te traz de volta para o presente.

Você levanta a cabeça. Os cílios espessos de Marcela te observam da porta, desconfiados.

"Tudo", você responde, engasgada.

> A vida segue estradas que por nós nunca transitaríamos

"As cartinhas são emocionantes, né?"
"Sim."
"A sala já está liberada", ela informa.

Você agradece e guarda os papéis de volta na pasta com cuidado. Nossa Senhora das Graças parece satisfeita.

gemelar *adj. 2g.*

1. Relativo a gêmeos (gestação g.).

gêmeos *s.m.pl.*

1. ASTR Aquele signo bendito, terceira constelação zodiacal, entre Touro e Câncer, suposto responsável por algumas pessoas tagarelas, indecisas, ansiosas, versáteis e por vezes acusadas de duas caras.

2. Gêmeo *pl.*

gêmeo *adj. s.m.*

1. Cada um dos frutos do mesmo ramo.

2. Diz-se de um ou cada um dos filhos nascidos do mesmo parto, irmãos que compartilham a mesma barriga ao mesmo tempo, podendo ou não criar alguma espécie de vínculo (ou ódio), podendo ou não compartilhar as mesmas membranas ou a mesma placenta (o que, de vez em quando, pode dar ruim no princípio).

    2.1 gêmeos univitelinos, idênticos ou monozigóticos: formados por um único óvulo fecundado, do mesmo material genético. Compartilham necessariamente a placenta e confundem as pessoas quando caracterizados com similares vestimentas.

    2.2 bivitelinos ou fraternos: formados por óvulos diferentes, de material genético diverso, com membranas independentes.

3. Causa de loucura materna, preocupação em dobro (ou tripla, ou quádrupla, etc.) e atenção pela metade, incitando o insípido desejo do ser maternal responsável de multiplicar-se para dar conta.

| NOTA DEZ |

Você gostava de ler e escrever.

Quando criança, trocava bilhetinhos coloridos com as amigas de sala. Fazia questão de dobrar os papéis de carta com formatos de origami.

Um dia, você recebeu uma nota dez na prova de redação por um poeminha inspirado no texto de Mario Quintana.

A professora lhe perguntou:

"O que você vai ser quando crescer, Isadora?"

"Professora!"

"Hum..."

"Ou médica, sei lá."

"Boa escolha, minha filha. Boa escolha."

| TRÊS PALITOS |

Depois de rodar por todas as mesas e sofás do térreo do hotel, ele finalmente encontra uma zona de acesso à rede wi-fi de três palitos. É o máximo que encontrou na área.

Trabalha com afinco nos relatórios do dia.

A chefe permitiu o trabalho remoto enquanto o filho estivesse internado, mas não deu trégua na demanda.

Em meio às linhas e colunas do Excel, ele só pensa numa fórmula de encontrar logo a esposa e o filho.

|COMPRAS|

Por volta dos 6 meses de gestação, resolveram fazer as compras do enxoval. Sabiam que seria menino, mas você já havia decidido que não queria um enxoval monocromático azul. Da sua parte, seria tudo colorido.

Você comprou pela internet um berço de segunda mão, mas que obedecia às métricas e ordens básicas de segurança. Ele calculou a quantidade média de fraldas por mês e por tamanho até um ano de idade. Você conseguiu roupinhas de zíper para o inverno.

Percorrendo as lojas, você se impressionou com a quantidade de coisas inúteis que tentam enfiar nas buchudas empolgadas e inseguras: sapatos para pés que não pisarão no chão, travesseiros, kits de almofadas e protetores de berço, móbiles com luzes psicodélicas e multifônicas, brinquedos para banho de bebês de colo, termômetro de água. Nas lojas especializadas, tudo gourmet, pelo triplo do preço.

Vocês se prepararam. Compraram uma bomba de amamentação e até um aquecedor de lenços umedecidos. Ele achou um exagero.

A única coisa que não constava na planilha era roupinha tamanho recém-nascido prematuro.

Ainda bem que na internet você encontra de tudo.

| POLVO |

O marido vem ao seu encontro para o relatório da tarde, gengivas à mostra, todo contente, trazendo nas mãos a máquina fotográfica e um pacote colorido.

Você abre a embalagem, surge um polvo azul crochetado sorrindo na palma da sua mão, com tentáculos em trança de lã tufados. Você os dedilha automaticamente.

"É para estimular o bebê", Leônidas explica.

O polvinho exibe o sorriso preto alinhado com os olhos cerrados.

"Assim também identifica a nossa incubadora", ele revela a estratégia.

Você dá um beijo estalado nele.

Você havia observado diversos objetos sobre as incubadoras, normalmente imagens de santo, fotos ou pelúcias. Polvinho ainda não.

No caminho encontram Cristiane e recebem a notícia que Igor está de alta, vai para o berçário da UTI.

"Tá chegando meu dia!", ela comemora. "Em breve vai ser o seu", comenta, enquanto lavam juntos as mãos.

Cristiane fica na sala 3 e vocês seguem.

Na sala 7, ao lado da entrada, Jeniffer já está acomodada na cativa poltrona de couro.

"Tudo bem?", você pergunta.

"Sim, vamos tentar amamentar!", os dentes branquíssimos reluzem.

Você fica um bocado mais feliz, as parcelas de alegria se acumulam.

Ao se aproximarem de Leonardo, reparam na ausência do sistema de ventilação. O CPAP foi retirado.

Um dia de vitórias!

Enquanto aguardam, você nota a presença de uma moça de sardas, olhos azuis redondos e cabelos curtos encaracolados, ao lado do homem bombadão, cercando as incubadoras 6 e 8. Deve ser a mãe dos gêmeos.

"É aquela youtuber", você ouve Verônica cochichar para a outra técnica enquanto preparam as medicações no balcão.

Débora aparece na sala para a visita médica e começa o relatório exatamente por eles. Bernardo está de alta para o berçário da UTI e liberado para amamentação. Benjamin, entretanto, permanece no oxigênio e vai necessitar de mais alguns dias na incubadora.

"Vão separar os gêmeos?", a mãe pergunta.

"Sim", Débora responde como se fosse óbvio. "Não posso manter um leito ocupado, nossa demanda aqui é muito alta."

"Mas como eu vou fazer pra ver os dois?"

"Vocês podem se revezar, não é mesmo?", Débora pergunta, desta vez olhando para o pai. A mãe assente, o pai continua mirando o nada.

Débora informa os horários de amamentação e pede para a mãe trazer uma mantinha. Se despede, simpática, e caminha até vocês.

Confirma as boas notícias: o pulmão de Leonardo está melhor e ele já iniciou o treino de sucção com a fonoaudióloga.

"Se tudo der certo, em breve faremos o primeiro teste de deglutição no copinho", Débora comunica.

Você se lembra da força de Leonardo sugando seu dedo.

vai dar

"Ele consegue", você afirma.
"A fono vai avaliar."
"Vai dar certo."

"Hum-hum...", a boca rosa faz um bico, exibe um meio sorriso e se despede. Passa direto da incubadora 5 para a 3, onde uma moça de traços orientais, recém-chegada, aguarda. Tatiana não está na visita.

Por onde anda Tatiana?, você se pergunta. Será que desistiu?

35 dias...

É apenas seu sétimo dia de mãe de UTI. Tatiana está no D36. Cinco vezes mais que você. Jéssica e sua incubadora úmida, no D49. Sete vezes sua estadia.

Você pensa em tudo que já viveu até ali multiplicado por cinco, por sete. Sete vezes as dores, sete vezes os lactários, sete vezes os relatórios, sete vezes as notícias boas e ruins. Sete voltas de montanha-russa.

Você espia a incubadora de Joaquim. Nunca o viu tão cheio de intervenções: tubo traqueal, dois drenos de tórax, dreno de mediastino, um novo acesso central no pescoço, um acesso periférico temporal na lateral da cabeça, uma sonda alimentar e os diversos monitores. Repara no abdômen, bastante distendido.

enterocolite

Você não é cirurgiã pediátrica, mas aquela barriga alta e dura pulsando não engana: algo acontece com Joaquim.

| ENTEROCOLITE NECROSANTE |

O sistema digestivo é muito rico de vasos sanguíneos, mas, na falta de oxigênio, é o primeiro que sofre restrição.

O organismo economiza o sangue, contrai os vasos da barriga para redirecionar aos órgãos mais nobres, como cérebro, coração e pulmão.

O pobre do intestino, portanto, sofre. E às vezes morre. É o caso do prematuro que faz enterocolite necrosante.

Durante as cirurgias, quando abria uma barriga, você não tinha medo de sangue, tinha tensão. Não tinha nojo de fezes. Tinha receio de líquido entérico e bile, o que significava, indiretamente, que fígado, pâncreas ou partes mais altas e nobres estariam comprometidas. Poderia ser uma cirurgia mais complicada.

Mas uma coisa você tinha pavor de encontrar: alça preta.

necrose

Morte de alça.
Sinal que a coisa tava feia.

|COLO|

Empolgado, o marido tira fotos enquanto vocês aguardam a fonoaudióloga. Os parâmetros de Leonardo estão estáveis.

"Querem pegar ele no colo?", Verônica oferece.

pode?

"E pode?", o marido vocaliza a pergunta.

"Claro! Mas tem que estar sentado. Deixa eu pegar um lençol aqui", diz, puxando uma cadeira plástica para o lado da incubadora.

Se entreolham, incrédulos. Você senta e Verônica retorna com lençóis, os quais dobra como um ninho sobre seu colo.

Ela abre a caixa, carrega Leonardo por baixo do pescoço e do dorso, trazendo ele devagar, como um padre retirando Cristo da manjedoura.

Você recebe seu filho no colo pela primeira vez.

Não sabe onde posicionar os braços. Verônica o acomoda à esquerda, você libera seu braço direito para tocar nele. Com a palma o envolve, quer sentir o calor do corpinho. O marido se aproxima rapidamente e o recobre com as beiradas soltas do lençol, deixando apenas a cabeça de fora. Você não se move.

Tenta ver mais de perto o rosto, as pequenas narinas abrem e fecham discretamente a cada inspirar, as sobrancelhas em fina penugem, quase transparentes. Lamenta que seus olhos não sejam lentes, câmeras que eternizariam a imagem, as cores, o cheiro, todos os detalhes. Guarda como pode na memória o queixinho enrugado, a bochecha rosada, como que estapeada, até mesmo o amarelo encardido da sonda preenchendo a narina esquerda.

Leonardo se agita, as pálpebras se abrem e você nota, pela primeira vez, as íris de um azul indeciso.

iguais às do pai

Você tem íris pretas, carregadas de escuridão. Os olhos do seu filho não.

Você se curva mais, quer sentir o cheiro, mas logo vem o medo. Seu narigão está muito próximo, você estanca o movimento.

Leônidas te fita com um sorriso suave nos lábios. Eleva a máquina fotográfica ao rosto, mira no visor. Você sorri sem graça, ele bate a foto.

Durante uma fenda incalculável do tempo você permanece estática, contemplando seu filho, o marido a apreciá-los.

"Quer revezar?", você pergunta.

"Boa ideia", diz Verônica.

Hábil, ela recolhe o pacote Leonardo-lençol do seu colo enquanto o marido passa ativamente álcool gel nas mãos.

Trocam de lugar. Ela encaixa Leonardo no colo dele e você pega a máquina.

Você testemunha o exato momento em que um homem se transforma numa estátua.

A cabeça pende para o lado.

"Segura firme, tem que manter as vias aéreas abertas!", Verônica ralha.

O marido não se mexe. A cabeça de Leonardo pende ainda mais, Verônica a apoia e o reacomoda. Você checa o monitor, a saturação está mantida, está tudo bem. O marido continua estático. Você não ri externamente, mas tira fotos mentais com gostinho de vingança, não é a única desajeitada.

Verônica muda de novo a posição, acomoda Leonardo no meio do tórax do pai, como no canguru. O marido experimenta o corpo do filho encostado no peito. Mais seguro, volta a respirar, o azul dos olhos brilha. Verônica sorri.

"É bom trazer a mantinha", ela relembra.

"É, preciso pegar em casa", o marido concorda.

Finalmente algum item do enxoval será utilizado, você pensa.

A outra técnica informa que a fonoaudióloga só virá mais tarde, teve uma intercorrência. Verônica checa as horas, precisa recolher Leonardo, está no horário da troca de plantão. Vocês concordam e o entregam.

Leônidas toca no ombro de Verônica e entrega o polvinho azul.

"Que gracinha", ela comenta, ligeira, embalando ele num plástico e colocando em cima da incubadora 7.

"Verônica, faz um último favor?", você pede.

"Pois não?"

"Coloca o nome na plaquinha?"

INCUBADORA 7
Leonardo
RN de Isadora Cristo

GENÉTICA

Os avós sobrevivem. E os tataravós. E os tatatatatataravós também.

É a força dos genes.

Você sempre achou incrível a capacidade da genética de esconder em nossas células pedaços dos antepassados.

Genes dominantes e recessivos competindo entre si. Quem manda, quem tem juízo, e de repente os novos corpos nascem recheados.

O passado reaparece.

|CASAL|

Vocês retornam ao hotel compartilhando suas alegrias e medos.

"Fiquei nervoso, pra mim eu tava carregando certo", o marido confessa.

"Eu também."

Se sentem bem por passarem por aquilo juntos. Mesmo inseguros, são como árvores tortas que se apoiam uma na outra. Num dia de vendaval ou forte chuva, os galhos caídos convergentes sustentam o conjunto.

Na calçada da maternidade reconhecem o homem de terno fumando, com ar de irritado: é Marcos. Ele não nota vocês, que passam direto.

Você toca sua aliança e aperta forte a mão do marido, pensando em como seria bem mais difícil se estivesse sozinha.

Tomam banho em casal, a água quente escorre pelos corpos nus de vocês, lavando parte das incertezas. Vocês se abraçam, pelados, sentem o calor dos corpos em águas ferventes. Experimentam dar um beijo molhado de língua. Dura só três segundos. Você não consegue pensar em sexo sem culpa. Qualquer prazer carnal soa como puro egoísmo, um pecado, que nojo da sua parte.

Você chega à conclusão de que o amor não é sólido, não pode ser, é líquido. Ora uma lagoa, ora uma poça, ora uma vala, ora um mar revirado de águas doces ou salgadas. Uma emulsão de sentimentos e componentes, substâncias invisíveis se misturando, como no leite.

As mamas tufam após o banho, você precisa esvaziá-las antes do jantar. Decide ir ao lactário enquanto ele resiste à tentação de voltar e pegar de novo o filho no colo, melhor deixar que Leonardo descanse. Ele então vai trabalhar um pouco fora do horário para correr atrás do serviço atrasado.

Naquela noite, você preenche um frasco inteiro ao som de MPB, sem atentar para números, enquanto ele analisa os relatórios de uma semana toda.

Depois de jantar pizza, deitam na cama, de conchinha. Dormem o melhor sono dos últimos dias-semanas.

| DEGLUTIÇÃO |

O dia amanhece com brilho, vocês tomam o café da manhã de hotel, incluso no pacote, com gosto de vida de casal. Sobem para ver o filho, a maternidade já não tem ar tão hostil.

Você conversa com a técnica morena de plantão, Marta, enquanto ela troca a fralda. Leonardo passou a noite bem.

A fonoaudióloga, uma mocinha bem jovem com voz meiga, Cláudia, se apresenta para o teste de deglutição.

Você se acomoda na cadeira, Marta pergunta sobre a mantinha.

"Eu não trouxe", o marido responde, desconcertado.

"Não tem problema, Marta, vai ser rápido", Cláudia avisa.

Marta pega lençóis e te entrega. Ambas retiram Leonardo da incubadora e o colocam sentado no seu colo. Você checa a saturação, mantida. Cláudia ausculta o tórax do pequeno.

"O pulmão está ótimo, mãezinha!", informa.

Depois, segura a cabeça dele com uma mão e com a outra insere o dedo mindinho enluvado na pequena boca.

"Ele suga bem!", comprova, satisfeita.

eu sei

"Ele vem respondendo bem ao treino de sucção", completa.

Marta chega com o copinho de leite. Elas apoiam Leonardo sentado, que entreabre as pálpebras com a mobilização. Cláudia encosta o copinho devagar no lábio inferior e oferece o leite. Ele procura, encosta a boca e suga, o queixinho dele se move, para frente e para trás, um golinho, dois, executados com destreza.

"Mãezinha, ele tá ótimo!", Cláudia comemora.

Você se enche de orgulho. Que corpinho resiliente, lutando ferozmente com o pacote que veio, seus reflexos e seus instintos. Bem mais forte do que você estimava.

"Tem certeza que ele tem só 33 semanas, mãezinha?", Cláudia questiona. "Ele tá deglutindo muito bem pra idade, parece menino de 34!"

Você nunca teve absoluta certeza de nenhuma data.

"Pode ser..."

"Bom, a primeira tentativa de amamentação tem que ser acompanhada. Vamos ver, vou falar com a pediatra para mais tarde, certo?"

"Tudo bem, pode ser qualquer hora", você ressalta.

"A gente avisa. Vou ter que avaliar outro bebê agora, ok?", ela retira as luvas, indicando a poltrona de Jeniffer.

Você agradece.

"Precisa esvaziar um pouco as mamas", Marta orienta enquanto recolhe Leonardo de volta à incubadora.

"E eu preciso pegar a mantinha", o marido lembra.

Você concorda. Precisam da mantinha para alimentar seu mais novo vício: pegar o filho no colo.

ocitocina *s.f.* ⊙ ETIM grego *ox(y)* – "agudo", "rápido" + *tok(o)* – "parto" + īn(a) – designação de substância
sinonímia: oxitocina

---

1. Hormônio responsável pelas contrações uterinas, ejeção do leite, contração dos ductos seminais e orgasmo.

---

2. Conhecido como "hormônio do amor" ou "do prazer", liberado durante uma boa relação sexual.

---

3. Rival do cortisol, o hormônio do estresse e do trauma.

---

4. Hormônio que se eleva no afeto e no toque pele a pele, como no abraço mais longo que oito segundos e no contato íntimo com o bebê, não só pela mãe, mas também pelos seus cuidadores.

---

5. Substância que pode estar relacionada com estágios de bondade, confiança e bem-estar emocional. Estima-se que seja produzida quando se realiza algo que beneficia outra pessoa, testado na prática pelas pessoas de bem.

---

6. O que falta em muitos espécimes de humanos e nos obriga a fazer terapia.

|FOFOCA|

O relatório da manhã confirma as boas notícias, liberada a primeira amamentação para a tarde.

Você sai da UTI radiante, cogita chamar Jeniffer para almoçar. Porém, na saída, vê ela tão compenetrada recebendo as orientações da fono que prefere não incomodar.

Logo mais será você.

Desce sozinha para o refeitório, poucos rostos das suas semelhantes são desconhecidos.

Na fila, avista a loira classuda com cara de raposa, a dupla chiclete de Tatiana, pedindo uma bebida no balcão. Você a alcança e, tentando soar o mais natural possível, pergunta como ela está.

"Estou bem, obrigada. Tivemos alta!", ela exibe o punho sem pulseira, orgulhosa.

"Nossa, que bom!"

"E o seu pequeno, como vai?"

"Tá bem. Você tem notícias da Tatiana?", você decide ir direto ao ponto.

"Não ficou sabendo, menina?", ela franze a testa. Conta que Joaquim estava muito mal, com suspeita de inflamação nos intestinos, e iria passar por uma cirurgia de urgência hoje.

"Dei uma escapada pra dar uma força, né? Ela tá sozinha, coitada, o marido abandonou o barco, aquele frouxo!", comenta com irritação.

Você não fica surpresa com a revelação, já esperava alguma justificativa plausível para o sumiço de Tatiana.

"Vou torcer por ela."

"Vamos! Deixa eu ir. Me desculpa, não posso ficar muito tempo fora de casa, sabe como é", ela justifica, dando um tchauzinho.

| FRATURA EXPOSTA |

Deitado na cama da enfermaria, com a perninha engessada para cima, ele olhava o aparato de ferros encravados na sua tíbia esquerda. Se sentia um robô.

Perguntou para a sua mamãe se podia se mexer um pouquinho.

"Sossega, Leônidas!", dona Glória ordenou, brava, enquanto revisava os relatórios dos atendimentos hospitalares do dia.

"Eu quero sair daqui, mãe!"

"Eu também, mas ainda não é a hora."

"Eu te odeio!"

Ela suspirou.

"E eu te amo, moleque. Um dia tu vais entender."

Deixou os relatórios de lado, arrastou a mesa para perto da cama e ligou o botão da televisão portátil.

"Tá passando Dragon Ball Z!", ele gritou, empolgado, enquanto ela ajustava a antena da televisão.

| MONTAGEM |

Ele entra no apartamento que já não tem mais o aspecto de ter sido acometido por um tornado. O guarda-roupa está organizado, consegue localizar com facilidade a gaveta das mantas. Por precaução, separa duas.

Resolve preparar uma mala de maternidade completa. Afinal, nada como executar ações positivas para o futuro se concretizar.

Vai até o quarto de Leonardo, abre a maleta vazia e entope de roupas aleatórias, fraldas descartáveis, lenços umedecidos e tubos de pomada, tudo sendo vistoriado por Compressa, que circula aos seus pés.

Tropeça num entalhe de madeira branca do berço desmontado.

"Deixa tudo pela metade..."

Na área de serviço, pega a caixa de ferramentas e a parafusadeira.

Compressa balança o rabo e se agita.

| CÁLCULOS |

Sentada no café-refeitório-restaurante, você pega o celular e envia a pergunta:

> Qual a chance de um prematuro morrer numa cirurgia de enterocolite? 10:48

Fernanda visualiza e responde instantaneamente:

> Depende 10:49

O telefone toca.
"Desembucha logo, Dora, o que tá acontecendo?"
"Calma, amiga, não é o Leonardo, é outro caso", você esclarece e conta sobre Joaquim.
Fernanda, normalmente positiva, não é nada otimista.
"Vou ser sincera, Isa, do jeito que cê tá falando aí, esse bebê tá bem mal."
"Eu sei..."
"Mas, mana, tu sabes. Deus é quem comanda essa parada."

Deus...

Você suspira. Aproveita e atualiza sobre a condição clínica de Leonardo.
"Eita, coisa boa! Agora vai!"
Você encerra a ligação mais leve. Ainda assim, não está plenamente feliz. Nem todos os bebês podem ser salvos.
Você se esparrama ao lado da santinha e fecha os olhos.

"Chagas abertas, coração ferido,
　O sangue de nosso senhor Jesus Cristo
　　entre Joaquim e o perigo"

MEDICINA

Você fez o que deveria.

Naquela época, a sombra do Cristo não pesava tanto. Foi ganhando corpo e vigor ao longo dos anos, até ser fincada de uma vez com o acidente de carro que levou Dona Fátima embora.

Você estava à deriva.

A fé em Cristo minguou, sua meia-irmã se afastou, foi quando você se viu sob as asas de uma tia distante, que, não se sabe se por obrigação ou por dó, lhe forneceu abrigo e comida, financiados pelos resquícios de uma pequena herança.

Foi o suficiente.

Finalmente você se resignou às vestes de guerreira.

Seria a única menina da vila com curso superior. No dia da formatura, o longo traje verde de gala ergueu a última muralha entre você e sua família adotiva.

Diploma na parede, carimbo na mão, trabalho no osso. Juntou o pé de meia, estudou para concursos em cidades distantes. A aprovação na residência médica garantiu o passaporte legalizado da emancipação.

Tratou logo de se mudar para São Paulo, a metrópole onde todos seguem em frente. Sem olhar para os lados. Sem olhar para trás.

Afinal, você também precisava seguir.

Mesmo sem rumo.

Mesmo que fosse para andar de costas.

|LÍQUIDOS|

O tempo passa se arrastando, o marido não responde as mensagens, você desiste de esperar. Você não extrai leite, quer manter as mamas cheias para o grande momento.

Cochila. Às 14 horas e 45 minutos o celular desperta, você sobe ansiosa para a UTI.

Jeniffer já está na poltrona com Fernandinho no colo. A incubadora 5 está vazia. Marta e a outra técnica bochechuda, Kátia, preparam as medicações no balcão.

Você pergunta se Joaquim está em cirurgia. Elas confirmam.

Cláudia, a fonoaudióloga, aparece e pede que você aguarde só um minutinho para que possa se organizar.

"Trouxe a mantinha?", Marta pergunta, enquanto encaixa milagrosamente a cadeira plástica no espaço entre as duas incubadoras.

"Meu marido está trazendo", você responde, sem muita certeza da veracidade daquela frase.

Acomodada, você nota a presença dos pais dos gêmeos. A youtuber amamenta Benjamin. Ou Bernardo, você não sabe. O menino chupa o peito sem maiores dificuldades, enquanto o pai, fincado ao lado dela, os observa com as mãos nos bolsos.

A mãe novata de traços orientais surge na incubadora 2, com ar de perdida. Cláudia pede licença e vai até ela.

Marta, Kátia e Cláudia circulam pela sala. Você permanece sentada na cadeira torta, o ombro encostando na incubadora vazia de Joaquim.

Cláudia recepciona a novata, Marta presta assistência a Jeniffer e Kátia está com Bernardo, ou Benjamin, não se sabe, administrando o leite na bomba. O bebê se agita, ela verifica e avisa a Marta que vai trocar a fralda.

"Não troco fralda de sólidos, só de líquidos!", o bombadão comenta alto, rindo sozinho da própria piada.

Num átimo de segundo todas as mulheres do recinto olham para ele, exceto a youtuber, que continua com a atenção voltada para o filho, amamentando.

Sorte a dele quando descobrir que bebês cagam bem líquido no início, você pensa.

Finalmente o marido chega com a mantinha e a máquina.

Antes de vir, Cláudia verifica a amamentação de Jeniffer, tudo certo, parabéns. Enfim retorna e solicita que Marta pegue Leonardo.

Você se acomoda na cadeira, o marido ajeita a mantinha.

"Vamos ver como está sua mama?", a voz juvenil de Cláudia relembra o propósito do momento.

Receosa, você tenta destravar o sutiã de amamentação. Você nunca exibiu seus peitos em público. Cláudia a auxilia e expõe sua teta estufada para o mundo. O ar da sala eriça a pele, seu bico fica duro.

Ao redor, apenas o marido repara e se coloca numa posição de cobertura.

Seu mamilo bicudo se exibe, algo naquilo te satisfaz. Você expôs sua teta para o mundo, deseja alimentar seu filho em paz, você tem esse direito. Chegou sua hora.

Marta abre a incubadora e te entrega Leonardo, cuidando de fixar a sonda gástrica atrás da orelha dele. Cláudia vira ele meio de lado, apoia a cabeça e a direciona para o seu seio.

"Tem que encostar bem o bico no palato", orienta.

Você lembra de toda a didática da boa pega na amamentação: boca bem aberta, lábio inferior para fora, cabeça estirada, cuidado na posição.

Nada disso serve.

Seu bico é pontudo, porém a mama é meio caída para a lateral e não alcança bem o céu da boca dele. Para piorar, Leonardo está sonolento, de boca aberta e mole.

"Tem que ajeitar esse posicionamento", Marta alerta.

Ela abre um pouco a manta e gira mais o eixo do corpo dele para seu tórax. Ao se reacomodar na cadeira, você bate a dobra do cotovelo na bancada.

"Ai!", você geme. Se sente uma vaca encurralada.

O marido lança um olhar de quem não entende, quer leite. Leite, cadê o leite?

Marta destrava as rodinhas e arrasta a incubadora para o lado, buscando mais espaço, enquanto Cláudia tenta reencaixar Leonardo. Empurra com mais força a cabeça dele na direção da teta seca.

"Coloca o dedinho assim na boquinha durante a sugada que dá mais estímulo", Cláudia orienta, encostando o mindinho enluvado na lateral dos lábios. Ele procura e suga o dedo. Em seguida, ela retira rápido o mindinho e encaixa Leonardo no peito.

Ele suga forte seu bico, dá uma abocanhada e o mastiga.

Você sente a primeira mordida de mamilo da sua vida.

Leonardo dá uma nova sugada, dói, você se sobressalta e ele desencaixa.

O marido bufa. Marta e Cláudia se entreolham.

Seu filho grunhe com a agitação, se remexe um pouco, mas logo volta a dormir, amolecido.

Agora é Marta quem tenta, cutuca o esterno dele e roça com o indicador a planta do pé.

"Acorda, menino!", estimula.

A mãe novata chama Cláudia, que pede licença, só um minutinho, já volto.

"Você não tá segurando ele direito", Marta chama novamente a atenção.

Com a mão direita agarra o alto do crânio de Leonardo. Você vê a cabeça do seu filho sendo manipulada como as pelúcias de máquina de posto, a sensação do pescoço estar completamente frouxo.

Ela força a segunda abocanhada no seu mamilo, o bico preenche a boca dele, ele pega, mastiga por reflexo, uma, duas vezes, três pontadas de dor, feriu o bico.

segura

Ele suga, mas não desce leite nenhum. Marta permanece empurrando a cabeça com a mão em garra. Você nota as narinas dilatadas, a cada inspiração e expiração a sonda entra e sai, se deslocando em milímetros. Ele contrai a barriga, vai vomitar. Contrai o dorso, vai engasgar.

"Para!", você grita.

Marta se contém. Acima dos ombros, outro bufo do marido.

Você afasta seu filho do colo e o posiciona na vertical, dando tapinhas nas costas.

"Não vai dar", você admite.

Você é a teta mais incompetente do universo.

"Tudo bem, a sonda atrapalha mesmo", Marta comenta, voltando-se para o balcão.

Cláudia retorna com o sorriso infantil e pergunta se está tudo bem.

ahhhhhhhhhhrgggg!

Ela pergunta se você não quer tentar a outra mama.

Seus peitos estão doloridos, você sente câimbra nos mamilos e o lado mastigado ardendo. Observa Leonardo, a cabeça dependurada para fora do seu braço, calmo, mas teme manter ele muito tempo no colo, não confia mais nos próprios movimentos.

"Não", você responde.

Marta aparece com a seringa de leite. Encaixa na sonda e administra os poucos mililitros. O líquido branco escorre rápido pela sonda, você sente o gosto amargo da derrota descendo pelo seu esôfago.

Marta abre a nave, pega de volta Leonardo e, sem cerimônia, fecha a comporta quadrada transparente num baque.

"Mais tarde vocês tentam de novo", Cláudia incentiva.

Você deixa a sala ainda a tempo de observar Jeniffer e a novata em suas respectivas cadeiras, amamentando.

O marido te segue, tenta alcançar sua mão. Você se esquiva.

"Vou para o lactário", você avisa.

| ECO |

Você sai batendo o pé pelo corredor, o marido te segue.
"Onde você tá indo? Vamos conversar."
"Não tem o que conversar, Leônidas. Vou autorizar a mamadeira."
"Por quê?", ele grita, revoltado. "Você não acha que isso é uma decisão que a gente precisa tomar em conjunto?"

não

"Não!"
"Como assim?"
Você retoma os passos, ele no seu encalço.
"Você não vai nem ao menos tentar dar de mamar pro seu filho?"
Você paralisa.
Vira de frente para ele, procura o fundo dos olhos azuis naquela cara amarrada.
"Eu *já* estou tentando, Leônidas!"
Pessoas atravessam o corredor, espiando.

respira...

Você fecha os olhos e respira fundo. Tenta compreender, ele não tem peitos, ele não amamenta, ele está apenas preocupado com o filho...
"Você não ama nosso filho?"
Você está abismada. Abre os olhos.
Todas as mães do mundo te cercam. As mães do internato. As mães da residência médica. As mães da sala abafada de amamentação. As mães de UTI. Todas as mães da Via Láctea, do universo, com suas tetas exibidas, mamas soltas, nas saunas, engruvinhadas nas cadeiras plásticas carcomidas,

duras e surradas, tetas multicoloridas, de todos os tamanhos e formatos, suor nas têmporas, seios machucados, cueiros azedos, fraldas ralas estampadas, mamas vermelhas, bicos secos, rachados, catarro, choro, fissuras, dor, feridas, suor, dor, leite branco, dor, leite tingido de sangue, leite vermelho.

O filho é dele, sim, mas os peitos são seus.

Você abre os olhos, vê no marido a expressão de abismo. Ele te olha como se você fosse uma assassina, a mulher mais fria do mundo.

Você nunca achou que precisaria explicar para ele. Logo para ele, aquele que supostamente deveria ser o seu maior companheiro.

Mesmo assim, você vai fazer. Vai tentar, vai se utilizar do discurso. Vai usar a velha frase, já gasta, antes oca, que saía sem significado e que agora, você sabia, fazia todo o sentido, o seu próprio clichê na sala de amamentação se volta contra você. Você ouviu a frase, proclamou e repetiu para tantas mulheres no vazio. Agora tinha certeza: a frase vinha cheia.

"Amamentar é dar alimento, Leônidas. Amar é outra coisa."

Ele para.

"Com ou sem mamadeira, só quero tirar meu filho daqui", você enfatiza.

A expressão dele se transforma. Você presencia o instante em que ele adentra no abismo e te olha com a certeza de que é você quem vai partir no próximo trem.

"Desculpa", ele pede, estendendo as mãos à frente.

"Dorme em casa", você ordena. Dá as costas, rumo ao lactário.

"só quero que meu filho saia vivo daqui..."

| CHORO |

Você senta na poltrona ao lado de Nossa Senhora das Graças e chora por tempo indeterminado. Não dá mais a mínima para ponteiros. Cronologias e números já não importam.

As puérperas, suas irmãs, transitam ao redor do seu choro, vêm e vão, mas não te ignoram. Todas te observam à distância, cumprimentam com pequenos gestos ou com um olhar compreensivo e continuam a gravitar em silêncio. Ninguém se aproxima ou te aborda com perguntas retóricas. Respeitam teu choro, amparam à distância sua reserva e solidão.

Não é necessário o motivo, elas compreendem, você está lá, faz parte do time, você é uma mãe de UTI. Uma ou outra das suas semelhantes pode até aventar que algo pontual aconteceu. Têm razão, algo grave aconteceu: chegou o seu dia de descarrilhar do trilho da montanha-russa.

Você só quer desabar.

|MAMADA|

Você acorda, não sabe se foi o choro ou Nossa Senhora das Graças que aliviou seu destempero com a bênção do sono. Sente a blusa úmida, os bicos vazaram, as rodelas molhadas na camiseta azul-claro fazem questão de demonstrar.

Jéssica, a moça das cartas, entra. Você é impelida a se mover.

Coleta meio frasco de leite, com um pouco de dor. O bico esquerdo, o mesmo da tentativa, ficou com uma pequena rachadura.

Você sabe como tratar a própria fissura: é hidratar, passar leite, pomada de lanolina, óleo, deixar o mamilo emoliente ao mesmo tempo que seco, até que ele engrosse e crie resistência.

Você admite, talvez não consiga mesmo dar o peito. Talvez você não leve o menor jeito para ser mãe. Ter ficado sem o útero pode ter sido um sinal divino. A imagem de mulher plena, sentada com trajes de fada na cadeira estofada com o filho mamando e iluminada por feixes de luz do Espírito Santo talvez seja a maior mentira que inventaram sobre amamentação. Você nunca viu alguém dando peito daquele jeito.

São quase 19 horas, você perdeu o relatório médico da tarde. Tudo bem, o marido deve ter comparecido.

Você desce, passa na farmácia e compra protetor de mamas e uma pomada de lanolina. Se impressiona com a exorbitante diferença de preço entre marcas do mesmo produto.

O quarto do hotel está vazio. Você toma um banho quente, passa pomada na fissura ardida. Já deitada, atenta que se esqueceu de comprar o remédio para a depressão. Tudo bem, compra pela manhã.

Liga a televisão e dorme às luzes mudas de *Alice no País das Maravilhas*.

| PLANTÃO |

Você empurrou apressada a porta vaivém da sala 6 do centro cirúrgico na quinta-feira. Passos a ir e vir, alarmes soando, plásticos crepitando na abertura das embalagens, toda a energia cinética do atendimento ao trauma.

Você não se comovia mais com nada disso, os ouvidos já tinham se acostumado à velha orquestra da emergência.

Deu de cara com o jovem estirado na maca de pernas cruzadas. Era o seu paciente.

Se aproximou dele e descruzou as pernas.

Reparou na pele amendoada do rapaz, o abdômen distendido, o ritmo acelerado no monitor cardíaco. Moleque baleado, dois tiros certeiros, um transfixante no peito, outro na barriga, sem orifício de saída. Aquela cirurgia prometia.

emergência

"Não, minha filha, não é urgência, é *emergência*, compreende o que isso significa? Risco iminente de vida, eu preciso de uma sala agora. Sim, são duas horas da manhã, foda-se o anestesista. Não, eu não tô de brincadeira, minha filha, ou cê acha que eu queria estar com essa barriga de grávida operando um baleado em plena madrugada se não fosse necessário? Pode deixar, mana, eu carimbo na merda do aviso de cirurgia que é emergência."

carimbo na sua testa

Para completar, você ainda não havia localizado o paradeiro do ilustre colega cirurgião que deveria estar junto no plantão. Não poderia mais esperar. Você fez todo o possível. Soro, dreno de tórax, oxigênio, expansão volêmica. O garoto continuava chocado, algo dentro dele se esvaía, tinha certeza, era da barriga.

"Só nós, doutora?", Gorete, a instrumentadora, perguntou.

Você confirma. Ágil, ela se põe a organizar a mesa de cirurgia.

só nós

Tocou sua barriga. Torceu para que o feto não fosse capaz de escutar pensamentos.

Você assumiria o risco de entrar sozinha naquela cirurgia. Melhor do que deixar passar, fingir que não viu o sangramento, pedir mais exames. Melhor que não fazer nada.

Confiava no poder das suas mãos ágeis e, mesmo que não indicasse a laparotomia, o desfecho do rapaz era certo. Você não estava a fim de esperar sentada a dona Morte chegar. Iria tentar. Pôs a vida do moleque em suas mãos.

A circulante da sala puxou o lençol para fixar a placa do bisturi, os desenhos borrados das tatuagens grosseiras ficaram à mostra. Você aproveitou para checar o funcionamento do dreno de tórax atravessado bem no olho da tatuagem de palhaço. Tudo certo, oscilava sangue.

Sentiu uma pontada na sua barriga, atrás do umbigo. Estremeceu.

"guenta aí, menino!"

Respirou fundo. Empurrou seu útero e conversou com seu filho. Ele entendeu, a dor amenizou.

Aos quase 8 meses, você ainda trabalhava. Mazelas de ser profissional liberal. Além disso, nunca teve talento para ficar parada.

"Posso, doutora?", o anestesista lhe pergunta.

Só então lembrou da presença dele na sala. Ele permaneceu de costas, manipulando as seringas no carrinho.

"Manda bala, doutor", você respondeu.

Ele deu uma gargalhada alta.

"Disseram que ele atirou num policial", complementou, enquanto injetava o líquido branco na veia do rapaz.

"É mesmo?", você forçou um tom de espanto e deixou a sala. Foi se escovar.

Guardou o crachá no bolso, mas não tirou a aliança. Essa era a regra sanitária que você desobedecia, nunca tinha retirado o anel desde o casamento. Calçava duas luvas.

Para sua surpresa, o colega do plantão surgiu no corredor, as marcas do travesseiro na bochecha esquerda gorda.

"Que pé-frio, né, moça?", comentou, se aproximando e dando tapinhas no seu ombro.

Você não sabia se tinha raiva ou alívio. Depender dos outros era como engolir um comprimido grande e amargo para tratar uma doença grave.

Completou a escovação das mãos e dos braços, empurrou novamente a porta com as mãos em riste, se paramentou ligeira e, antes mesmo do colega entrar na sala, empunhava o bisturi. Deslizou decidida a lâmina de cima a baixo no abdômen.

"Vai com calma, moça. Espera ajuda", o colega solicitou.

Você já não ouvia.

O primeiro esguicho de sangue subiu logo à abertura da cavidade, um fino chafariz vermelho.

"Aspira aqui"

"Tá puro sangue"

"Gorete, o aspirador"

"O aspirador não tá funcionando"

"Calma, moça"
"Segura aqui"
"Compressa"
"Conta bem essas compressas"
"Deve ser aorta ou cava"
"Pela cor do sangue, é veia, deve ser cava"
"Aspira. Segura o Doyan"
"Me dá compressa"
"Aspira!"
"Que nada, é do fígado"
"Puta merda, é da veia porta mesmo!"
"Tá aqui!"
"Comprime"
"Me dá um clamp, vou fazer Pringle"
"Mais compressa!"
"Rápido!"
"Afasta!"
"Compressa, Gorete!"

depressa!

"Tá sabendo que ele atirou num policial?", o rosto do anestesista surge por cima da tenda estirada.

"Ah, foi?", o colega se surpreendeu.

"Afasta!"
"Aspira!"
"Compressa"
"Depressa!"

não para!

Você sentiu novamente a pontada cortando seu abdômen, devia estar somatizando. Deu meio passo para trás, respirando fundo, mas logo notou o colega retirando as compressas molhadas de sangue com toda parcimônia e retornou ligeira ao campo cirúrgico.

"Como que tá aí?", o anestesista questionou.

"Sangrando tudo", informou o colega.

"Vixe, bem que vi, tá quase parando. Socado de noradrenalina até a alma."

"Se é que esse tem alma."

"Que nada, tem tatuagem de palhaço."

"Ah, é?", o colega se surpreendeu novamente.

Você sentiu uma palpitação.

"Chagas abertas, coração ferido,
sangue de nosso senhor Jesus Cristo
entre minhas mãos e o perigo..."

"É melhor a gente ligar a porta."

"O quê?", você vociferou incrédula.

"Não vai parar de sangrar, moça!"

"Ao menos morre na UTI, não aqui", o anestesista argumentou.

Você permaneceu alguns segundos imobilizada. A opção era ligar a principal circulação do fígado e deixar ele morrer de insuficiência hepática algumas horas depois?

Não precisou tomar nenhuma decisão, logo o anestesista anunciou:

"Parou aqui. Vai ter que massagear."

Você permanece comprimindo o local de onde acha que vem o sangue, enquanto a equipe se move para cumprir o protocolo de PCR.

"Pega a escadinha"

"Sobe"

"Massageia"

"Um, dois, três..."
"Ambu"
"Insufla"
"Me dá um campo, cobre aqui!"
"Um, dois, três..."
"Massageia"
"Não voltou"
"Insufla"

"Não adianta mais, o coração tá batendo seco", o anestesista comenta.

um, dois, três...

"Já era, moça", disse o colega, puxando de leve seu punho.
Você se desviou do toque, descalçou as luvas estalando e saiu retirando o capote como se ele estivesse pegando fogo.
"Uma e cinquenta e três", o anestesista anunciou.
Enquanto enxaguava o rosto suado no lavabo, sentiu tapas secos no seu ombro.
"Tinha jeito não, moça. Acontece", ouviu o tom paternal do colega.
Riu.
"Deixa que eu cuido do plantão agora, vai descansar", ele emenda, sumindo pelo vestiário masculino.
Você murmurou um obrigada para o vento que fechou a porta atrás do colega. Seguiu como uma pata pelo corredor, ainda atordoada.
"Vixe, doutora, sujou toda a sua roupa!", a enfermeira alertou detrás do balcão.
Só aí percebeu suas vestes molhadas de sangue entre as coxas, até os joelhos.
"Ah, obrigada", você respondeu, forçando o sorriso.

| PESADELO |

Você acorda suando.

O quarto está abafado, o ar-condicionado desligou sozinho.

Não lembra com o que sonhava, só tem o resquício de uma sensação ruim.

Você procura o controle do ar-condicionado e ajusta a temperatura. Permanece encolhida na cama, sentindo o sono te abandonar completamente.

Checa o relógio, quase 23 horas. Cansa de ficar contemplando as ondas da cortina, decide se mexer, vai até a maternidade fazer algo de útil. Se for rápida, consegue chegar a tempo da pesagem e do banho.

Sente calafrio ao sair do hotel. Nem mostra mais a pulseira, o guarda já reconhece, quanto mais velho e borrado o bracelete, mais fácil de entrar.

Sobe o elevador, porém, ao se identificar para o segurança da UTI, ele informa que a sala 7 está interditada.

Pergunta o que aconteceu, ele explica que um dos bebês está em procedimento.

Algo acontece. Não deve ser seu filho, não pode ser, eles avisariam. Você pergunta diretamente se é Leonardo.

"Não, senhora. É outro bebê. A mãe está lá dentro."

Joaquim

Seu peito aperta ao se lembrar da barriguinha distendida como uma cúpula de igreja.

Retorna perturbada para o hotel. Rola entre os lençóis, se remexe. Não está de plantão, mas é como se estivesse, o estado de alerta impera, você reconhece sua velha companheira descarga adrenérgica correndo nas veias.

Checa o relógio: 2 horas e 43 minutos. A alma desiste de brigar com o corpo, você se veste novamente, se recompõe para o horário das 3 horas. Desce e enfrenta mais uma vez o ar gelado da calçada vazia.

O segurança acorda do cochilo e te libera sem estranhar a entrada ou saída repentinas, acostumado com o que uma mãe portadora de pulseira apagada é capaz de fazer.

Você segue a rotina, mãos, pia, corredor, porta. Não encontra nas salas nenhuma outra mãe-fantasma.

Na sala 6, a técnica cochila no banquinho ao canto. Por milagre, nenhum dos monitores está apitando. Você se aproxima da incubadora macro.

Lá está Joaquim com todos os dispositivos de antes, seus dois drenos de tórax, traqueo, sonda gástrica, acessos venosos e agora, no meio da barriguinha murcha, reluz um curativo branco.

Checa os monitores, ele está extremamente taquicárdico. Apesar disso, o respirador funciona bem.

Segue como se não tivesse visto nada. A porta automática da sala 7 se abre.

As duas técnicas de enfermagem do plantão estão paradas ao redor da poltrona de couro preta ao lado da entrada. Jeniffer está sentada com Fernandinho no colo.

Você não compreende a cena de início, os cabelos loiros soltos dela caem sobre o rosto, que agora, você repara, está vermelho e inchado.

Os ombros dela sobem e descem, relinchando. Isso são lágrimas?

lágrimas

Jeniffer chora. As lágrimas caem soltas, alternadas com os soluços. Nota Fernandinho no seu colo, sem manta, sem oxímetro. Ela o abraça junto ao peito em posição torta. Como gárgulas, as técnicas permanecem estancadas a observar. Não fazem nada.

Seu ímpeto é automático. Ameaça agir, dá um passo à frente, mas duas mãos te retêm. É Roberta, a pediatra surge e sinaliza firme para que você se afaste.

Estanque, você repara nos detalhes. Fernandinho de corpo mole, a cabeça pendendo sem apoio. Monitores desconectados, não há QRS, só uma linha reta no monitor, não tem oxímetro, alguém liga essa porcaria.

As gárgulas não se movem. Ninguém se move. O silêncio impera.

a última

Uma reta no monitor.

Foi-se a última batida.

O corpo de Fernandinho encaixado entre os seios de Jeniffer, embalado para frente e para trás, suave, num colo-balanço. Não o de canguru, mas de carrossel, Fernandinho é engolido por aquele peito. Ela começa a entonar uma cantiga. Uma marionete sendo ninada.

Você pode sentir o minúsculo corpo, ainda morno, encostado na própria pele, compreende o que ela está fazendo.

Ela está sugando, aproveitando o que pode, o último filete de vida, todo calor, todo néctar daquela pele que, em breve, estará fria e tensa.

Ela o envolve mais, abaixa a cabeça, encosta o nariz no alto do crânio de Fernandinho, as lágrimas molham os fios de cabelo ralos, ela aspira, cheira, sorve o que pode do filho. Quer por completo o último toque, o último cheiro, o que jamais poderá ter de volta.

Você observa Jeniffer arrematar aquela vidinha no peito. Escuta a canção, a voz doce, repetindo *eu mandava, eu mandava ladrilhar*, é bela.

Você fecha os olhos. Imagina ela e Fernandinho no quarto branco com nuvens numa cadeira estofada de balanço, a paz. Nas entranhas da dor, algo se afaga. Você abre os olhos, tem a visão do real.

O cântico agora é uma navalha.

Você olha para as gárgulas, que choram. Olha para a pediatra, que chora. Tudo chora. Você está petrificada.

Você se transformou numa nova gárgula.

"Chagas abertas, coração ferido..."

Tenta rezar. Não consegue.

O tempo escorre, até você perceber o toque de uma das enfermeiras envolvendo sua mão. Desperta do transe e se afasta. Dá um, dois passos para trás. Se desfaz da mão e deixa a sala, andando de costas.

Na sua frente, a porta automática da sala 7 se fecha.

Seu reflexo gárgula-penumbra reflete no vidro da porta.

Você sacode a cabeça. Acorda.

Vai embora. Um naco grosso da sua dor fica ali.

Para sempre.

| DICIONÁRIO DE PERDAS |

órfão *adj.*

1. Quem perdeu os pais ou um deles.

2. FIG Quem está no abandono; desamparado, desvalido.

viúvo *adj. s.m.*

1. Aquele a quem morreu o cônjuge e que não contraiu novas núpcias.

2. FIG Privado; desamparado; isolado; abandonado.

aquele que perde um filho

Dor que não tem nome.

| COMUNICAÇÃO |

Você acorda não sabe que horas, tenta levantar, não consegue.

Escuta ruídos da cortina. Uma luz suave incide no seu rosto. Ainda assim, não se levanta. Todos os músculos esqueléticos do seu corpo doem, você foi espancada pelo terror.

Por um instante acha que não é verdade. Foi apenas um sonho, uma noite ruim, um pesadelo. Aos poucos retoma as imagens da madrugada.

Leônidas se põe de pé ao lado da cama com o olhar de cachorro morto.

"Fernandinho morreu", você comunica enquanto se ergue.

"O quê?", ele senta ao seu lado e te abraça.

Você permite ser abraçada, mesmo com os músculos doloridos.

Conta os detalhes da noite anterior, sob o olhar assustado de Leônidas. Encosta a cabeça no ombro dele, zonza, com a sensação de ressaca.

"Não quer descansar mais um pouco?", ele sugere.

"Não."

Não, você não precisa descansar. Você tem um filho vivo, é preciso se mover, seguir em frente, a luta contra a tristeza é compulsória.

Não foi o seu filho quem morreu, mas poderia ter sido. Pode ser ainda, a qualquer momento, ele ainda está no andar de cima.

Levanta da cama, se apronta. Não sabe o que aconteceu, mas saberá, há de se informar, conhecer os detalhes, não vai permitir que o mesmo aconteça com você.

Tomam café no hotel em silêncio, não quer encontrar nenhuma outra mãe perambulando.

Leônidas pergunta se não deseja companhia na rotina. Você recusa, quer ficar sozinha, combinam de se encontrar no boletim médico. Ele fica no hotel, você sobe com a mantinha. Chega minutos antes do horário da mamada.

A porta automática da sala 7 se abre, você atravessa, cabisbaixa.

A poltrona de couro preto está vazia. Um bebê desconhecido ocupa a incubadora do leito 1.

filhos da puta

É uma afronta, os lençóis mal esfriaram da noite anterior.

Vai para a sua incubadora, o polvinho azul caído recobre o nome na plaquinha. Você passa álcool nas mãos e o ajeita.

Verônica a cumprimenta. Você solicita a cadeira, que ela traz e coloca entre as incubadoras. Você pega o assento e o reposiciona para o outro lado da incubadora, paralelo ao balcão, e se acomoda.

"Vamos lá?", você a convoca.

Ela abre a nave, você observa Leonardo ser retirado sem que o coração dispare, não lhe resta dúvidas sobre o que fazer.

Recolhe seu filho, posiciona ele no seu antebraço com firmeza e o leva com apoio para a mama não fissurada.

Ele encaixa e suga. Você experimenta a fisgada, ajusta a posição, a repuxada nos bicos, um pouco de dor. Segura e respira. A dor se acomoda.

Você já se acomodou, há muitas coisas ruins, aquela é só mais uma delas. Continua respirando fundo. Leonardo deglute, o leite começa a descer, mas logo pausa. Seu filho está sonolento, para de sugar.

A fisioterapeuta vem verificar a deglutição.

"Tem que dar umas acordadinhas neles mesmo", ela aconselha, dando leves cutucadas no pescoço, estimulando. "Eles são dorminhocos!", reforça, sorrindo.

Você imita os movimentos, cutuca o pescoço de Leonardo, ele volta a deglutir, mas ainda sem abrir os olhos. Dor e sugadas se acomodam. Você o amamenta por alguns minutos.

Verônica pergunta se deve ou não administrar a fórmula de leite.

"só quero que meu filho saia vivo daqui..."

"Sim", você autoriza.

Leonardo parece cansado, puxa o ar com força, as narinas dilatando.

A imagem do corpo amolecido de Fernandinho ressurge, a cabeça jogada, o corpo boneco, o balanço da morte.

Você envolve Leonardo, dá um beijo e pede a Verônica que o recolha.

Leônidas chega para o relatório.

"Como foi a amamentação?"

"Não sei", você responde, sincera.

Débora é quem está no plantão da manhã, a boca mais pink do que nunca. Começa por vocês, um dos gêmeos já teve alta para o berçário, Benjamin ou Bernardo, tanto faz, você não se interessa mais e os pais não estão presentes.

A boca rosa sorri e reforça a boa evolução de Leonardo. O ganho de peso está adequado, houve melhora nos exames de sangue, a bilirrubina normalizou. Não há mais sinais de infecção ativa.

"Se mamar bem e ganhar peso, podemos até pensar em tirar a sonda", informa, satisfeita. Leônidas comemora.

"Pode fazer o teste da mamadeira", você a interrompe.

Débora levanta as sobrancelhas.

"Tudo bem..."

Antes que se afaste, você a segura pelo braço e pergunta em voz baixa o que houve com Fernandinho. Ela responde alto:

"Não posso dar informações sobre outros pacientes, *doutora*."

vaca

Você sai da UTI pisando firme rumo ao lactário.

| NACOS |

De volta à poltrona cativa, você pega uma das pastas do monte mais escondido da mesa, quer as cartas mais antigas.

Vai caçar os óbitos.

Não encontra muitas.

Pensa que a amostra de depoimentos pode estar viciada. Há um viés, provavelmente as mães enlutadas não retornam à maternidade para deixar seus depoimentos.

As poucas descrições que encontra são mães de múltiplos, geralmente tri ou quadrigêmeos, em que houve o óbito de um dos filhos enquanto os outros permaneciam na UTI.

> Quando é preciso amar acima de tudo... Foram 4 meses e uma semana de muito aprendizado.
> Essa foi sua vida: intensa!

> Hoje entendo que aquela oração que sempre fiz desde pequena para meu santo anjo era para você. Tivemos a oportunidade de conhecer aquele anjo que tanto conversava todas as noites nos momentos de necessidade, de força e de fé. Esse Anjo é você, Julia.

> Jamais vou esquecer o dia em que cheguei na UTI e a médica de plantão me chamou no canto e disse: não deveria fazer isso, mas vá, pegue seu filho no colo. Ela sabia o que eu ainda tentava negar. Ele não iria sobreviver. Não havia mais forças. Foram poucos minutos, mas valeram uma eternidade.

Pensa em Jeniffer. Um saco cinza de zíper branco recolhendo o pequenino corpo de Fernandinho.

> Um dia simplesmente eu aceitei. A dor não passou, e talvez não passe nunca, mas cessar a saga de respostas trouxe acalento pro meu coração.
> Eu costumo dizer que sou mãe com duas metades. Todo aniversário, batizado, Natal, Páscoa, metade de mim celebra, a outra lamenta a ausência.
> Um filho que eu enxergo e um filho que sinto com a alma.

Nacos frescos da sua dor pairam no ar, sim, são só migalhas diante de tantas histórias que se escondem nas paredes daquela maternidade. Você não concebe a ideia de viver aquela dor, a dor completa, inteira.

perder um filho

Não consegue imaginar como seria embalar o corpo de Leonardo, o pequeno cadáver, empacotado, fechado com zíper a ser acomodado num caixão de tamanho míni.

Não é a primeira vez que você perde alguém. Você já perdeu muitas vezes, perdeu pacientes, perdeu sua mãe adotiva, perdeu um amigo por suicídio, irá perder mais gente. Você escolheu a profissão da perda, queria ser heroína, encarou a morte de frente, a driblou diversas vezes, dançou junto, adiou encontros, flertou com ela, mas nunca, nunca teve tanto medo de perder como agora.

A perda com a qual você não é capaz de lidar.

O contrassenso. A incoerência. O antinatural. O estigma oposto. Foi-se embora quem deveria ficar.

Uma ferida que nunca cicatriza.

Nossa Senhora te mira.

Finalmente você compreende, bebeu da fonte da melancolia.

A dor de uma mãe é a dor de todas. Maior ou menor, não importa. Uma dor não cura a outra. Uma ferida não cicatriza a das demais. Competição de dor é só outra forma de crueldade.

Lágrimas de amargura caem, seu mar de luto, medo e angústia transborda.

Você chora por Fernandinho. Por Jeniffer. Por Julia. Por todas as cartas de despedida. Chora pelo luto do mundo, por todos os lutos contidos e não contidos naquelas páginas.

Chora pela fragilidade da vida.

| DIMINUTIVO 2 |

"Alô?", Fernanda atende.
"Como é que você consegue?"
"Consegue o quê, mulher?"
"Cuidar de crianças."
Ela fica muda por alguns segundos.
"Eu não sei", ela suspira. "Eu só vou..."
"Você já perdeu quantas?"
Mais uma grossa porção de silêncio.
"Algumas."
"Se lembra de todas?"
"Lógico. Não tem como esquecer, Isadora."
Você tocou na ferida da sua melhor amiga.
"Fernanda, eu te admiro demais, mulher. A sua força, a sua delicadeza. Eu *nunca* conseguiria fazer o que você faz, eu sou péssima..."
"Para. Você é a melhor cirurgiã que eu conheço."

não sou

Você suspira.
"Só é meio bruta..."
Vocês riem.
"As crianças nos ensinam muito, Dora. Resiliência, *paciência*..."

eu vi...

"Elas nos surpreendem, amiga. Os pequenos são guerreiros, mana, se recuperam rápido. Cê vai ver, logo, logo Leozinho sai dessa joça aí."

Leozinho...

Você acha meigo o nome do seu filho no diminutivo.
Você conta sobre Fernandinho e Joaquim.

"É assim mesmo, Dorinha. É duro. Mas não perde as esperanças, não, a maioria sai bem. E Leozinho tá ótimo, a Débora me contou."

"Ah, traíra, então cê tá de papinho com a nojenta?"

"Uai, e eu não trabalho com as pediatras?"

"Aff! Verdade..."

"Além do mais, cê acha mesmo que eu ia te deixar solta por aí, sem te espionar?"

Você concorda.

| ESTOQUE |

Da mesa de vidro, Nossa Senhora das Graças te aconselha, minha filha, levanta daí, já é hora.

Você acorda, esfrega o rosto e obedece. Recolhe as cartas e as lágrimas, acomoda as pastas de volta.

Não precisa mais delas, pelo menos por enquanto.

Está tudo muito bem sacramentado na sua memória.

Você promete a si mesma que um dia, independente do desfecho, vai voltar lá. Há de retornar para contar, não apenas a sua, mas várias histórias. Vai equilibrar a amostra viciada das pastas empoeiradas.

Não, não pode, jamais permitirá que tudo o que aconteceu permaneça entocado, escondido numa sala apertada, onde mães de prematuros se reuniam a espremer os bicos dos seus seios e almas rachadas em desespero, a comemorar os pouquíssimos mililitros de leite nos frascos. Não deixará as lágrimas, os grunhidos, os apitos, os nacos de dor abandonados naqueles corredores.

Vai trazer à tona o crível e o incrível. O amor, a angústia e a empatia. Não, você não vai deixar tudo isso morrer.

Você vai sair, mas há de voltar. Independente do final, retornará para a plataforma original da sua viagem de montanha-russa.

Você sairá de lá. A dor e tudo mais que veio junto vão lhe seguir e atravessar além dos muros da maternidade.

| BEISEBOL |

Você observa a sonda no nariz do seu filho, é o último dispositivo invasivo. Roberta se reúne com as técnicas do noturno na sala, dando orientações. Ao te ver, pergunta como está a amamentação.

uma merda

Você não fala, mas sua expressão denuncia. Verônica se aproxima.
"O que aconteceu?", Roberta questiona.
Você explica como Leonardo sufoca durante as mamadas, seu bico está ferido e o leite não desce.
"Vocês oferecem consultoria de amamentação?", você pergunta.
"Normalmente não precisa, a equipe toda é muito bem treinada", Roberta fala, olhando severa para Verônica.
"Bom, eu não consegui."
"Quer tentar agora?", Verônica oferece.
Não é horário de mamada. Você aceita a oferta extraordinária. Verônica prontamente busca a cadeira plástica e providencia lençóis. Abre a nave e põe Leonardo no seu colo.
A sala está mais amena. Apesar disso, Leonardo está mais acordado. Você consegue enxergar a íris de azul cinzento nas pequeninas pálpebras.
Recolhe ele num dos braços. Com a outra mão, apoia a cabeça em direção à mama direita. Verônica te auxilia, sustenta o tronco dele com cuidado enquanto você direciona melhor a boca para o bico do seu seio.
Ele encaixa e suga. Na tentativa de Verônica retirar o apoio, a mama torta desencaixa da boca.
Você bufa.

"Tenta a posição de beisebol", Verônica sugere.

Rapidamente ela auxilia a mudar de posição, coloca o tronco de Leonardo apoiado no seu antebraço pela lateral do seu corpo. Você fica com medo que ele caia, mas ela apoia. Você direciona o bico de novo à boca, que encaixa perfeitamente.

A boca suga, você sente a câimbra nos mamilos.

leite

Seu leite está descendo. A glote de Leonardo se move, ele está deglutindo. O bico machucado arde um pouco e molha. Você aguenta a dor, está tudo bem.

"Muito bom!", Roberta elogia e pede licença para passar o plantão.

Só então você nota a presença de Leônidas, com a mantinha nas mãos, espiando à distância.

Você abre um sorriso. Ele se aproxima e faz cócegas no seu ombro.

"Vamos lá, é baby Rocky Balboa!", ele incentiva.

"Seu ridículo", você fala, achando graça.

Após algum tempo, nota Leonardo cansado. Sinaliza para Verônica, que te socorre e o põe de volta na incubadora. Você agradece.

São quase 20 horas.

"Ei, já não passou da sua hora?", você pergunta para ela.

"Sim, tô mega atrasada!", ela fala, pegando a bolsa no balcão e saindo.

Você vê Verônica deixar a sala, com a certeza que ela não será paga pela hora extra.

|POSIÇÃO|

Na vida tudo depende do ponto de vista.

Tudo muda de acordo com a posição que você se encontra, o movimento, o encaixe.

É assim com a amamentação.

O importante é a combinação certa. O bico e a boca se encontrarem de um jeito que não machuque e que não engasgue.

O bico tem que chegar no céu da boca e ser chupado sem alvoroço.

Para isso, vale tudo.

Deitada. Sentada. De pé. Cavalinho. Canguru. Bola de rúgbi. Inclinada. Rúgbi duplo. Mão de dançarino.

O importante é o binômio mãe-bebê estar à vontade.

A dança do bico na boca. A boca com o bico.

O kama sutra da maternidade.

| CASA ARRUMADA |

Vocês seguem a rotina, bomba, peito, leite, refeição. Atuam no modo automático, sem pressa, já engataram a marcha e têm a direção.

Você deixa de reparar nas outras puérperas, já não reconhece a maioria delas, a sua geração de comadres de sala parece ter desaparecido.

Lamenta não ter o contato de Jeniffer. Procurou nas redes, não encontrou nada e, a menos que acessasse ilegalmente o prontuário, não teria como obter seus dados.

Mesmo que tivesse, pensa no que diria para alguém que carrega uma dor sem cura, a dor que você mesma não poderia suportar. Quais palavras consolam a ausência? Talvez seja melhor permanecer muda.

Você não quer mais ter vínculos, teme acumular mais lutos do que pode carregar. Afinal, você ainda precisa de força e energia para tirar o seu filho dali.

No fim da tarde você encontra o marido, sobem juntos para a UTI. Cláudia faz o teste da mamadeira, Leonardo suga com vontade, sem engasgar, está aprovado.

Ela então calça as luvas e, contente, retira enfim a sonda do nariz do seu filho.

O pai pega Leonardo no colo. Com a ajuda de Cláudia e da enfermeira, Leônidas administra a mamadeira de leite para o filho. Se emocionam. Você bate fotos. De repente, o aleitamento materno misto não parece ser uma ideia tão ruim.

Débora confirma no relatório médico o sucesso da empreitada. Se Leonardo ganhar peso, poderá ter alta para o berçário no dia seguinte.

Retornam ao hotel de alma preenchida, com grande expectativa sobre a pesagem das 23 horas, mas optam por passar em casa para fazer uma mala de maternidade decente.

Você não teve uma entrada padrão. Nada da sua vida de mãe recém-nascida tinha sido padrão. Você deseja pelo menos uma saída digna.

"A casa tá bagunçada", Leônidas avisa.

"A gente arruma", você responde.

|RUIVA|

Descem até a entrada do hotel, chamam um táxi. Encontram Débora saindo do plantão, aguardando o carro no estacionamento. Ela está acompanhada por uma adolescente sorridente de cabelos esvoaçantes até abaixo da cintura.

"Boa noite", Débora cumprimenta, os dentes grandes na boca lilás aparecem.

Leônidas responde. Você grunhe.

"Essa aqui é a minha bebê", ela indica a jovem que continua a sorrir, mastigando chiclete.

Você as compara, elas têm a mesma pele alva e cabeleira grossa ruiva.

"Eles crescem!", ela completa.

Você identifica o tom de mãe-orgulho, pensa na Débora-mãe, uma agente dupla, trabalhando com crianças de outras mulheres e lidando, ao mesmo tempo, com os próprios medos e desafios. Você a enxerga como uma agente do futuro. Pensa em si mesma, em como um dia será mãe de um adolescente. Um príncipe, um rebelde, não se sabe.

O carro dela chega, o táxi de vocês logo atrás.

Elas se despedem. Vocês entram no carro branco, confirmam o endereço, mas pedem ao motorista que antes faça uma parada na farmácia.

Fraldas, sabonete, leite, mamadeira específica, o marido repassa a lista das providências, você não dá importância.

Contempla pela janela as ruas agitadas de São Paulo. Pessoas circulando, semáforos, sujeira, luzes, trânsito.

Se sente viva.

| LAR |

Abre a porta do apartamento. Aspira o cheiro de lar.

Mal entra, Compressa te recebe com esfregões fortes no calcanhar e miados enlouquecidos.

Deixa as sacolas no sofá e pede para Leônidas arrumar a mala do pequeno enquanto você organiza as roupas sujas.

Coloca ração fresca no pote do gato, Compressa mastiga feliz. Joga as roupas na máquina, dá uma circulada pela casa, as coisas até que estão em ordem.

Vai até o quarto, o lençol da cama de casal num liso intocável. Pega poucas peças limpas no guarda-roupa. Não precisará de muitas, quer agir conforme a programação de alta em breve. Vai em direção ao quarto de Leonardo.

Vê o berço montado no meio do quarto. Alguns parafusos soltos descansam ao lado do manual esparramado no chão.

Leônidas está junto à cômoda, de costas, organizando numa bandeja as compras da farmácia.

Você dá um abraço bem apertado no marido. Pelas costas.

Jantam na mesa de casa, serenos, se organizam e retornam ao hotel, com malas e ânimos renovados. Não se importam em carregar mais do que o necessário, querem estar preparados para tudo.

Minutos antes das 23 horas, sobem para a UTI.

Uma mãe solitária amamenta o filho numa das salas. Vocês chegam à porta da sala 7 bem no instante em que a técnica administra a mamadeira para Leonardo. Leônidas fica possesso, treme, calma, você relembra por que estão ali.

Ele melhora o humor enquanto a enfermeira prepara a pesagem. Ela retira a fralda e o oxímetro de Leonardo, abre a nave e o coloca na balança.

Ganhou 20 gramas.

"É o baby Rocky, amanhã é alta para o berçário!", vocês comemoram.

A enfermeira pergunta se vocês querem acompanhar o banho. Vocês aceitam, desejam sugar o máximo de orientações que podem.

Ela indica a água quente na cuba próxima. Testa a temperatura com o dorso da mão, orienta a respeito do aquecimento, você observa o aparelho monitor conectado marcando 37,6°C.

Não tem ideia de onde está o termômetro de casa, quantas coisas ainda faltam, uma casa de mãe nunca está pronta.

A enfermeira carrega Leonardo para a cuba com uma única mão num movimento rápido e, habilidosa, passa sabão líquido pelo corpinho com a outra. Ele está mais acordado do que nunca, olhos arregalados, sacode os bracinhos e aprecia o banho. Ela o vira de frente, passa uma mãozada de água no rosto, na cabeça, e depressa o envolve com a toalha, colocando de volta na incubadora.

Você admira as mãos ternas e ágeis daquela senhora, os movimentos lisos e firmes de quem já deu incontáveis banhos. Você duvida da própria capacidade. Não sabe se vai dar conta.

vai ter que dar

Certo ou errado, à sua maneira, você há de tentar. Desistir nunca foi uma alternativa.

Vocês terão sua vez mais à frente.

Uma vida inteira de tentativas.

| LEITE ESTOCADO |

Você acorda ao clarear do dia, sem despertador. Antes de descer, testa a bomba de amamentação portátil. Dá certo, seu leite desce.

Seguem a rotina.

Enquanto bombeia no lactário, você olha as mães novatas ao redor, espremendo suas tetas. Segura a vontade de sair gritando "Ei, garotas, vai ficar tudo bem".

Termina a coleta, levanta, discreta, anota a dose no caderno e coloca o frasco cheio na geladeira.

Atrás do balcão, Marcela escreve. Você dá umas batidinhas no vidro. Ela arregala os olhos de leoa e vem ao seu encontro.

Você pergunta para ela qual o destino do leite que sobra e fica estocado.

"Você que decide. Pode vir retirar depois com uma térmica ou autorizar a doação."

Você olha para as mães da sala, bombeando.

"Onde eu autorizo?"

Marcela sorri.

"Pode deixar. Eu registro aqui, Isadora."

Você agradece e sai desejando nunca mais precisar colocar seus mamilos dentro de uma daquelas ventosas.

| INFORMAÇÃO |

Sobe para o relatório, de longe Verônica sorri, já deve saber das novidades.

Ela retira Leonardo da incubadora e o acomoda no seu colo. Você já consegue amamentar na posição usual, embora a posição de beisebol ainda seja a sua preferida.

Você faz carinho e conversa com Leozinho sobre as notícias. Ele ouve atento enquanto mama. Verônica verifica a deglutição dele durante a amamentação, feliz.

"Verônica", você cochicha, se aproveitando da proximidade. "Me diz uma coisa, o que aconteceu com o Fernandinho?"

Ela mantém o semblante neutro, parece que já esperava a pergunta. Se agacha e diz perto de você:

"Parece que foi tamponamento."

Você perde o ar por alguns segundos, não sabe se fica conformada ou não com a informação.

Leônidas chega e te observa amamentando, satisfeito. Os minutos se arrastam até a entrada de Roberta, que checa os controles e proclama a palavra mágica:

"Alta!"

Você abraça Roberta, que recebe o aperto meio de lado, ajeitando os óculos. Em seguida, puxa Verônica e a abraça forte. Ela retribui de peito aberto. No ouvido dela você sussurra:

"Muito obrigada por tudo!"

Verônica se desvencilha, parabeniza e começa a tagarelar as orientações finais falando rápido, traga as roupinhas, a mantinha, algumas fraldas, os horários da mamada permanecem os mesmos, preparem a casa, estejam aqui no fim da tarde, mando todos os pertences da incubadora junto com ele.

Leônidas ouve atento cada frase. Você não escuta nada.

O polvinho azul está sorrindo.

| BERÇÁRIO |

O guarda direciona vocês para o berçário da UTI, a primeira sala, logo à direita da entrada, ao lado do mural da esperança.

> BERÇÁRIO

Antes de entrar, você aprecia o painel. Projeta o dia em que a foto de Leonardo será mais um grão de esperança para as mães do futuro.

Esquece de lavar as mãos, Leônidas é quem atenta, o lavabo está agora no sentido contrário. Ao passar em frente aos bancos pretos, você escuta choros e vê casais abraçados.

Bem diferente das salas envidraçadas, o berçário tem paredes de alvenaria, fluxo e movimento. Mães amamentam, bebês estão no colo, enfermeiras transitam, grunhidos são ouvidos e existem bebês acordados.

A enfermeira recebe vocês, pergunta sobre as roupinhas. Leônidas entrega orgulhoso o saco plástico. Ela aponta para um dos leitos.

Vocês se aproximam de Leonardo, deitado no berço, a céu aberto. A atmosfera terrestre o cerca.

Não há mais redoma.

Leonardo está coberto por uma manta e rodeado de lençóis num ninho. Você acha incrível o origami que as técnicas fazem com os cueiros e panos.

A enfermeira pergunta se querem ajuda para vestir o pequeno. Aceitam.

Você pega a combinação de roupas selecionadas por Leônidas, começam a vestir o body branco. Como que passa isso por essa cabeça grande e mole, um braço, outro bracinho, levanta o dorso, fixa os colchetes metálicos com medo de prender a bolsa escrotal, mesmo coberta pela fralda. Calça meias azuis nos pezinhos. Por cima do macacão estampado cinza e branco, caretas de urso sorriem, é de zíper, macacão de zíper é tudo de bom, temos que comprar mais desses. Que tal luvas? Calçam um par de brancas, falta a touca, só tinha a tricotada vermelha, a de saída da maternidade, tudo bem, é o que tem pra hoje, depois a gente providencia outra.

pronto

Leonardo é um bebê multicolor.

Você repara no berço ao lado: um enxoval tricotado rosa-choque onde consta bordado de branco o nome Maitê em todas as peças.

Trocam olhares e riem.

Vocês alternam os colos, ainda se acostumando com a ideia de fazer isso livremente, sem pedir permissão a ninguém.

Na hora do jantar, descem para a refeição de despedida do restaurante-café-almoço da maternidade. Você até aprecia com gosto o frango à milanesa.

É a última noite que dormirão sem a companhia de um bebê. A razão diz que aproveitem a noite de descanso, mas você se conhece, a adrenalina insistirá em ser sua melhor companheira noturna.

Deitada na cama do hotel, você sente culpa. Leonardo está seis andares acima, num berço aberto. Algo não está certo, seu corpo está separado dele, um pedaço de você não está aqui, mas está acolá, algo te falta.

Você avisa Leônidas que vai subir. Combinam que ele durma. Se acontecer alguma coisa, pelo menos um dos dois estará descansado.

Você sobe em busca do seu pedaço.

|PÉROLA|

A pérola é o resultado do sistema de defesa da ostra contra uma invasão. Um corpo estranho entra nela e é envolto por uma substância chamada nácar. A cristalização do nácar origina a pérola.

Na mitologia persa, a pérola era conhecida como "a lágrima dos deuses". Os gregos acreditavam que elas nasceram junto com Afrodite, a deusa do amor e da beleza.

Na China e no Japão, são transformadas em pó e vendidas como remédio para a vitalidade.

Na Índia, o pó é aspirado pelo nariz, misturado com água ou ingerido puro para curar dores de cabeça, doenças mentais, úlcera, catarata e leptospirose.

Retirar a pérola de seu organismo não mata a ostra. Ela pode ser devolvida ao ambiente e, inclusive, fabricar outro exemplar.

Por definição, a pérola é a única pedra preciosa que é fabricada por animais vivos.

Você não concorda. Viu muitas pedras preciosas saírem de úteros, mesmo caídos.

|LOUCA|

Apesar da hora, o berçário permanece agitado.

Você vai até o berço com liberdade, ninguém te impede. Você pega Leonardo, ele cochila no seu colo.

A dois berços de distância, um bebê carrancudo chora sem parar. Uma das enfermeiras o pega para ninar, dá tapinhas nas suas costas, consolando. O monitor do bebê do berço à frente apita.

"A saturação dele!", a mãe de cachinhos grita para as enfermeiras.

Uma das meninas vem acudir, checa o sensor, tudo parece em ordem. Ela muda o bebê de posição, eleva o decúbito, a saturação retorna. O bebê carrancudo volta a chorar.

"Vou fazer uma mamadeira pra ele", a segunda enfermeira anuncia.

Você checa o monitor de Leonardo. Está estável, respira sereno. Você permanece tensa. Deseja ter um monitor em casa, talvez seja bom comprar um, quer ter uma tela, números para monitorar todos os parâmetros da vida dele.

louca

Você se dá conta: mudou de time.

Faz parte agora do conjunto de pessoas cuja existência gira no esforço vil e constante pelo controle de tudo ao redor da vida de outro ser humano, coisa que você nunca obterá.

Aceita resiliente sua nova condição.

Você pede perdão, língua não tem osso. Pede desculpas a todas as mães do Universo. Desculpa, mães. Desculpa, pais.

Desculpa, mãe, tia, prima. Desculpem, titios e titias. Desculpem, mulheres, homens, pessoas que têm filhos.

Você não fazia a menor ideia.

| SILÊNCIO |

Ao cair da madrugada, o berçário se esvazia de adultos. Permanecem na sala apenas você e a mulher de cachinhos.

Você cochila sentada, a cabeça pendendo para os lados, não chega a pegar no sono profundo, é constantemente interrompida pelos disparos do monitor à frente.

O oxímetro do bebê da mãe de cachinhos continua a apitar intermitente. As enfermeiras vão e voltam, checam e movem o bebê, a saturação melhora, porém, minutos depois, cai de novo.

Você respira a angústia.

Não consegue mais piscar os olhos. As enfermeiras seguem em bipes e voltas.

Três horas e meia depois, sob as lágrimas de súplica da mulher, a enfermeira decide, por fim, chamar a médica plantonista da UTI.

A pediatra do plantão noturno aparece. A médica ausculta a criança, informa que está tudo bem, mas acha melhor retornar à incubadora para que a bebê faça oxigênio e novos exames.

A mulher de cachinhos chora enquanto as enfermeiras preparam a menina.

Você vê o berço passar na sua frente, como um cortejo, arrastando de volta em correntes a incubadora para o interior da UTI neonatal.

O silêncio no berçário retorna.

A paz não.

| CASA |

O dia amanhece, você só sabe porque olha o relógio: quase 7 horas.

Observa Leonardo dormindo no berço, quieto, a saturação dele não caiu em nenhum momento, seus controles permaneceram normais.

Você não acredita, não pode ser, a penumbra do medo te assombra, algo de errado ainda vai acontecer.

"Chagas abertas, coração ferido,
　　Sangue de nosso senhor Jesus Cristo
　　　　entre Leonardo e o perigo"

Leônidas te encontra com olheiras, pergunta como foi a noite. Você conta sobre o bebê da frente. Ele te abraça.

"Fica calma, não vai acontecer nada", tranquiliza.

Você aguarda tensa o relatório da manhã. Não toca em Leonardo até a chegada da médica.

A pediatra entra, você não a conhece. Ela verifica os controles, o examina e diz que está tudo bem.

"Alta hospitalar!", anuncia, animada.

Você não sente nada.

　　　　　　　　　　　　　　é isso?

Isso mesmo? Um dia de berçário e você já poderá levar seu filho?

"Pode levar seu filho", ela confirma.

| BERÇO |

Pouco antes do amanhecer, ela acorda.

O sol renasce mais um dia, implacável, teima em seguir desinteressado. A natureza ignora sua dor.

Ela pode dormir até mais tarde, não precisa acordar assim tão cedo.

Não consegue.

Ela não precisa mais coletar leite. Não precisa passar freneticamente álcool gel nas mãos, massagear as mamas, bombear os seios.

Dias depois, o leite ainda vaza dos bicos, inutilmente.

Ela não precisa mais andar na correria, sair apressada para escutar boas ou más notícias, brigar com o pseudonamorado que não é marido.

Não precisa mais falar com médico nenhum, porque simplesmente não há mais sobre quem falar.

No quarto, um berço vazio precisa ser desmontado.

| LUTA |

As pessoas ao redor dela lamentam a perda.
Têm dó.
Talvez alguns não acreditem que foi uma perda verdadeira. Só por ter sido uma vida curta, pequena, um corpinho tão esquálido que nunca chegou sequer perto do berço de casa, não contaria tanto como dano.

Não por inteiro. No fundo, as pessoas consideram um pedaço de perda, a miniatura de um luto. Talvez tenha sido até melhor, vai, deixar ir embora aquilo que só se teve pela metade.

Foi melhor, quem sabe, do que ter um sequelado. Pense bem, não houve tempo de se estabelecer vínculos fortes, é melhor partir do que ficar por aqui estropiado, nesse mundo assim como tá hoje, doente, imagina.

Ela sabe que a profundidade dos laços não tem relação com o tempo, e sim com peso do sentimento, com a magnitude. Com aquilo que atravessa e gruda nas frestas do coração.

Às vezes, ela vai querer paralisar a vida. Vai voltar àquele instante e se permitir sonhar, arrematar o tempo, os acontecimentos, vai se permitir construir um novo futuro, um final diferente. Desistirá.

Um dia vai parar de procurar respostas. Simplesmente aceitará: a vida não quis.

Vai chegar à conclusão de que o amanhã não existe. Em algum lugar e instante ela volta a viver. Vai tentar existir no presente, pois já sabe que a vida não é mais do que uma fagulha.

Não vai só andar. Vai querer pular, correr, voar. Consumir, mastigar a vida. Tentar viver o que é importante. Com morosa coragem. Mesmo nas reticências, seguirá.

Mesmo andando de costas.
Até o fim.

| MOSAICO |

Sua dor ainda está lá.

Não passará.

Quem raspar as paredes do labirinto branco da maternidade poderá extrair pedaços desta dor. E do medo. E do amor. E de tantas outras coisas.

Ingenuidade pensar que você entraria nessa e sairia inteira.

Ser mãe é isso: se quebrar, se fragmentar, se despedaçar por inteiro para depois se remontar com novas peças e espaços.

Um ser mosaico.

O segurança corta sua pulseira borrada. Você a guarda no bolso.

Sai da maternidade, Leônidas ao seu lado, Leonardo no seu colo.

Você sai da maternidade com o seu filho.

vivo

mãe *s.f.*

1. Mulher que deu à luz, que cria ou criou um ou mais filhos.

2. Fêmea do animal que teve crias ou que cuida e cuidou delas.

3. O que dá origem, causa, fonte.

4. A virgem que engravidou do José.

5. Ser supostamente perfeito, divino, santificado e mitológico, produto do sacrilégio criado pelo mito da Eva.

6. Aquela que a gente chama quando não acha alguma coisa ou quando não sabe o que fazer.

7. A cozinheira, passadeira, limpadeira, curandeira, professora, organizadora, conselheira e camaleoa multifuncional de diversos lares, frequentemente confundida com executora de serviços domésticos de uma casa.

8. Aquela cujo nome não se fala na cadeia.

9. Diz-se popularmente do ser humano que, independente de sexo, gênero, cor, raça, idade, classe social, religião, condição psicológica e condição financeira se presta a dar suporte, cuidar, ser responsável pelo crescimento e desenvolvimento de certo indivíduo.

10. Contrato voluntário ou compulsório de amor vitalício, com condições caras e de muita interferência, a partir do qual aquele sujeito civil se importa ou se considera responsável por outra criatura.

11. Aquele cujo coração bate fora do peito, geralmente em conexão wi-fi, acompanhando a vida do objeto amado.

12. A definição mais difícil deste livro.

| EPÍLOGO |

|MESA|

Você atravessa a porta automática da maternidade. O clima é ameno para o inverno de São Paulo.

O coração já não dispara tanto, mas ainda é impossível não sentir nada.

Até hoje, você percebe. Sua dor ainda está lá, incrustada nas paredes. Você pode aspirar os triscos, os cacos pairando no ar. Sabe precisamente onde alguns pedaços estão. Outras partes talvez estejam mais misturadas, perdidas ou escondidas pelos cantos.

Sente receio, não chega a ser medo. Apenas teme subitamente encontrar novos cacos. Não gostaria de voltar a viver a mesma dor.

Você caminha pelos corredores brancos, sabe exatamente o que precisa fazer.

Na recepção, usa a carteirada de médica, entra no horário que lhe convém. Trezentos e sessenta e sete dias após o evento, já não é tão fácil sair de casa sem o filho a tiracolo.

Atravessa o pátio da internação, observa as mulheres, as malas, as pelúcias.

Cruza a sala de espera do pronto-socorro, vê as grávidas nas poltronas quadradas, cabeças baixas em telas, poucas com olhar ao léu. Sente o cheiro das inseguranças em plena tarde de segunda-feira.

Sobe a rampa bem-disposta, a sacola de mercado e a bolsa pesam.

Atravessa a porta branca do lactário. Sabe que, pelo horário, é improvável que encontre alguém por lá. Está próximo da manutenção e do relatório médico, você pode fazer tudo com tranquilidade.

No conforto, desembrulha os pacotes da padaria e acomoda no balcão o bolo de chocolate granulado e as bandejas de salgadinhos e docinhos.

Se dirige à mesa de vidro, cumprimenta Nossa Senhora das Graças, pede licença, como vai, e a atualiza das notícias, está tudo bem. Reza três Ave-Marias.

Olha para o monte de cartas, folhas coloridas pulam das pastas pretas.

Você tira o livro da bolsa e o coloca em cima da mesa de vidro, ao lado da bíblia aberta, e se despede.

Nossa Senhora das Graças dá um sorriso melancólico e agradece.

Copyright © 2025 Izabella Cristina Cristo Cunha

CONSELHO EDITORIAL
Gustavo Faraon, Rodrigo Rosp e Samla Borges

PREPARAÇÃO
Rodrigo Rosp

REVISÃO
Evelyn Sartori e Samla Borges

CAPA E PROJETO GRÁFICO
Luísa Zardo

FOTO DA AUTORA
Raquel Santos

DADOS INTERNACIONAIS DE
CATALOGAÇÃO NA PUBLICAÇÃO (CIP)

C933m Cristo, Izabella.
mãezinha / Izabella Cristo.
— Porto Alegre : Dublinense, 2025.
320 p. ; 19 cm.

ISBN: 978-65-5553-181-7

1. Literatura Brasileira.
2. Romance Brasileiro. I. Título.

CDD 869.937 • CDU 869.0(81)-31

Catalogação na fonte:
Eunice Passos Flores Schwaste (CRB 10/2276)

Todos os direitos desta edição
reservados à Editora Dublinense Ltda.
Porto Alegre — RS
contato@dublinense.com.br

Descubra a sua próxima
leitura na nossa loja online

dublinense.COM.BR

Composto em MINION PRO e impresso na LOYOLA,
em PÓLEN NATURAL 70g/m² , no OUTONO de 2025.